TEORIA GERAL DO ESQUECIMENTO

JOSÉ EDUARDO AGUALUSA
TEORIA GERAL DO ESQUECIMENTO

Copyright © José Eduardo Agualusa, 2012
Publicado em acordo com Agência Literária Mertin, Nicole Witt – Literarische Agentur Mertin Inh. Nicole Witt e.K. Frankfurt am Main, Alemanha.
Copyright © Editora Planeta do Brasil, 2023
Todos os direitos reservados.

Título original: *Teoria geral do esquecimento*

Preparação: Mariana Silvestre
Revisão: Carmen T. S. Costa e Caroline Silva
Projeto gráfico e diagramação: Jussara Fino
Capa: adaptação do projeto gráfico original de Compañía
Fotografia de capa: José Eduardo Agualusa

Dados Internacionais de Catalogação na Publicação (CIP)
Angélica Ilacqua CRB-8/7057

Agualusa, José Eduardo
   Teoria geral do esquecimento / José Eduardo Agualusa. – São Paulo: Planeta do Brasil, 2023.
   192 p.

   Bibliografia
   ISBN 978-85-422-2381-1

1. Ficção angolana I. Título

23-5204   CDD B869.3

Índice para catálogo sistemático:
1. Ficção angolana

MISTO
Papel | Apoiando o manejo florestal responsável
FSC® C005648

Ao escolher este livro, você está apoiando o manejo responsável das florestas do mundo

2023
Todos os direitos desta edição reservados à
EDITORA PLANETA DO BRASIL LTDA.
Rua Bela Cintra, 986 – 4º andar
Consolação – 01415-002 – São Paulo-SP
www.planetadelivros.com.br
faleconosco@editoraplaneta.com.br

Sumário

9	NOTA PRÉVIA
11	O NOSSO CÉU É O VOSSO CHÃO
19	ACALANTO PARA UMA PEQUENA MORTE
27	SOLDADOS SEM FORTUNA
33	A SUBSTÂNCIA DO MEDO
35	DEPOIS DO FIM
43	A MULEMBA DE CHE GUEVARA
45	A SEGUNDA VIDA DE JEREMIAS CARRASCO
51	MAIO, 27
55	SOBRE AS DERRAPAGENS DA RAZÃO
63	A ANTENA REBELDE
69	OS DIAS DESLIZAM COMO SE FOSSEM LÍQUIDOS
71	HAIKAI
73	A SUTIL ARQUITETURA DO ACASO
81	A CEGUEIRA (E OS OLHOS DO CORAÇÃO)

85	O COLECIONADOR DE DESAPARECIMENTOS
91	A CARTA
93	A MORTE DE FANTASMA
97	SOBRE DEUS E OUTROS MINÚSCULOS DESVARIOS
99	EXORCISMO
101	O DIA EM QUE LUDO SALVOU LUANDA
103	APARIÇÕES, E UMA QUEDA QUASE MORTAL
113	MUTIATI BLUES
117	ONDE SE ESCLARECE UM DESAPARECIMENTO (QUASE DOIS), OU DE COMO, CITANDO MARX: *TUDO O QUE É SÓLIDO SE DESMANCHA NO AR*
127	OS MORTOS DE SABALU
135	DANIEL BENCHIMOL INVESTIGA O DESAPARECIMENTO DE LUDO

141 MUTIATI BLUES (2)
145 O ESTRANHO DESTINO DO RIO KUBANGO
151 ONDE SE REVELA COMO NASSER EVANGELISTA AJUDOU PEQUENO SOBA A FUGIR DA CADEIA
155 MISTÉRIOS DE LUANDA
159 A MORTE DE MONTE
161 O ENCONTRO
165 UM POMBO CHAMADO AMOR
171 A CONFISSÃO DE JEREMIAS CARRASCO
175 O ACIDENTE
179 ÚLTIMAS PALAVRAS
181 É NOS SONHOS QUE TUDO COMEÇA
185 AGRADECIMENTOS E BIBLIOGRAFIA

Nota prévia

Ludovica Fernandes Mano faleceu em Luanda, na clínica Sagrada Esperança, às primeiras horas do dia 5 de outubro de 2010. Contava oitenta e cinco anos. Sabalu Estevão Capitango ofereceu-me cópias de dez cadernos nos quais Ludo foi escrevendo o seu diário durante os primeiros anos dos vinte e oito em que se manteve enclausurada. Tive igualmente acesso aos diários posteriores ao seu resgate e ainda a uma vasta coleção de fotografias da autoria do artista plástico Sacramento Neto (Sakro), sobre os textos e desenhos a carvão de Ludo nas paredes do apartamento. Os diários, poemas e reflexões de Ludo ajudaram-me a reconstruir o drama que viveu. Ajudaram-me, creio, a compreendê-la. Nas páginas que se seguem aproveito muitos dos testemunhos dela. O que vão ler, contudo, é ficção. Pura ficção.

O NOSSO CÉU É O VOSSO CHÃO

Ludovica nunca gostou de enfrentar o céu. Em criança, já a atormentava um horror a espaços abertos. Sentia-se, ao sair de casa, frágil e vulnerável, como uma tartaruga a quem tivessem arrancado a carapaça. Muito pequena, seis, sete anos, recusava-se a ir para a escola sem a proteção de um guarda-chuva negro, enorme, fosse qual fosse o estado do tempo. Nem a irritação dos pais, nem a troça cruel das outras crianças a demoviam. Mais tarde, melhorou. Até que aconteceu aquilo a que ela chamava *O Acidente* e passou a olhar para esse pavor primordial como uma premonição.

Após a morte dos pais ficou a viver em casa da irmã. Raramente saía. Ganhava algum dinheiro lecionando português a adolescentes entediados. Além disso, lia, bordava, tocava piano, via televisão, cozinhava. Ao anoitecer, aproximava-se da janela e olhava para a escuridão como quem se debruça sobre um abismo. Odete sacudia a cabeça, aborrecida:

— O que se passa, Ludo? Tens medo de cair entre as estrelas?

Odete dava aulas de inglês e alemão no Liceu. Amava a irmã. Evitava viajar para não a deixar sozinha. Passava as férias em casa. Alguns amigos elogiavam-lhe o altruísmo. Outros criticavam-lhe a excessiva indulgência. Ludo não se imaginava a viver sozinha. Inquietava-a, porém, ter-se tornado um peso. Pensava nas duas como gêmeas siamesas, presas pelo umbigo. Ela, paralítica, quase morta, e a outra, Odete, obrigada a arrastá-la por toda a parte. Sentiu-se feliz, sentiu-se aterrorizada, quando a irmã se apaixonou por um engenheiro de minas. Chamava-se Orlando. Viúvo, sem filhos. Fora a Aveiro resolver uma complexa questão de heranças. Angolano, natural de Catete, vivia entre a capital de Angola e o Dundo, pequena cidade gerida pela companhia de diamantes para a qual trabalhava. Duas semanas após se terem conhecido, por acaso, numa confeitaria, Orlando pediu Odete em casamento. Antecipando uma recusa, conhecendo as razões de Odete, insistiu para que Ludo fosse viver com o casal. No mês seguinte, estavam instalados num apartamento imenso, no último andar de um dos prédios mais luxuosos de Luanda. O chamado Prédio dos Invejados.

A viagem foi difícil para Ludo. Saiu de casa atordoada, sob o efeito de calmantes, gemendo e protestando. Dormiu durante todo o voo. Na outra manhã, acordou para uma rotina semelhante à anterior. Orlando possuía uma biblioteca valiosa, milhares de títulos, em português, francês, espanhol, inglês e alemão, entre os quais quase todos os grandes clássicos da literatura universal. Ludo passou a dispor de mais livros, embora de menos tempo, pois insistiu em dispensar as duas empregadas e a cozinheira, ocupando-se sozinha das tarefas domésticas.

Uma tarde, o engenheiro apareceu em casa segurando cuidadosamente uma caixa de papelão. Entregou-a à cunhada:

— É para si, Ludovica. Para lhe fazer companhia. A senhora passa demasiado tempo sozinha.

Ludo abriu a caixa. Lá dentro, olhando-a assustado, encontrou um cachorrinho branco, recém-nascido.

— Macho. Pastor-alemão — esclareceu Orlando. — Crescem depressa. Esse é albino, um tanto raro. Não deve apanhar muito sol. Como vai chamá-lo?

Ludo não hesitou:

— Fantasma!

— Fantasma?

— Sim, parece um fantasma. Assim, todo branquinho.

Orlando encolheu os ombros ossudos:

— Muito bem. Será Fantasma.

Uma elegante e anacrônica escada em ferro forjado subia, numa espiral apertada, desde a sala de visitas até ao terraço. A partir dali, o olhar abarcava boa parte da cidade, a baía, a Ilha, e, ao fundo, um longo colar de praias abandonado entre a renda das ondas. Orlando aproveitara o espaço para construir um jardim. Um caramanchão de buganvílias lançava sobre o chão, de tijolo bruto, uma perfumada sombra lilás. Num dos cantos crescia uma romãzeira e várias bananeiras. As visitas estranhavam:

— Bananas, Orlando? Isto é um jardim ou um quintal?

O engenheiro irritava-se. As bananeiras lembravam-lhe o quintalão, entalado entre muros de adobe, onde brincara em menino. Por vontade dele teria plantado também mangueiras, nespereiras, inúmeros pés de papaia. Ao regressar do escritório era ali que se sentava, com um copo de uísque ao alcance da mão, um cigarro negro aceso nos lábios, vendo a noite conquistar a cidade. Fantasma acompanhava-o. Também o cachorrinho amava o terraço. Ludo, pelo contrário, recusava-se a subir. Nos primeiros meses não se atrevia sequer a aproximar-se das janelas.

— O céu de África é muito maior do que o nosso — explicou à irmã.

— Esmaga-nos.

Numa ensolarada manhã de abril, Odete veio do Liceu, para almoçar, excitada e assustada. Explodira uma confusão na metrópole. Orlando estava no Dundo. Chegou nessa noite. Fechou-se no quarto com a mulher. Ludo ouviu-os a discutir. Ela queria abandonar Angola o mais rápido possível:

— Os terroristas, querido, os terroristas...

— Terroristas? Não volte a usar essa palavra na minha casa. — Orlando nunca gritava. Sussurrava num tom ríspido, o gume da voz encostando-se como uma navalha à garganta dos interlocutores. — Os tais terroristas combateram pela liberdade do meu país. Sou angolano. Não sairei.

Decorreram dias agitados. Manifestações, greves, comícios. Ludo cerrava as vidraças para evitar que o apartamento se enchesse das gargalhadas do povo nas ruas, estalando no ar como fogo de artifício. Orlando, filho de um comerciante minhoto estabelecido em Catete no princípio do século, e de uma luandense mestiça, falecida durante o parto, nunca cultivara ligações familiares. Um dos primos, Vitorino Gavião, reapareceu por aqueles dias. Vivera cinco meses em Paris, bebendo, namorando, conspirando, escrevendo poemas em guardanapos de papel, nos bistrôs frequentados por exilados portugueses e africanos, e assim ganhara uma aura de revolucionário romântico. Entrava-lhes em casa como uma tempestade, desorganizando os livros nas estantes, os copos na cristaleira, e enervando o Fantasma. O cachorrinho perseguia-o, a uma distância segura, latindo e rosnando.

— Os camaradas querem falar contigo, pá! — gritava Vitorino, atirando um murro contra o ombro de Orlando. — Estamos a negociar um governo provisório. Precisamos de quadros. Tu és um bom quadro.

— Pode ser — admitia Orlando. — Aliás, quadros nós até temos. O que nos falta é o giz.

Hesitava. Sim, ia murmurando, a pátria podia contar com a experiência que acumulara. Temia, contudo, as correntes mais extremistas no seio do movimento. Compreendia a necessidade de maior justiça social, mas os comunistas, ameaçando nacionalizar tudo, assustavam-no. Expropriar a propriedade privada. Expulsar os brancos. Partir os dentes à pequena burguesia. Ele, Orlando, orgulhava-se do sorriso perfeito, não queria usar dentadura. O primo ria-se, atribuía os excessos de linguagem à euforia do momento, elogiava o uísque e servia-se de mais. Aquele primo de cabeleira crespa, redonda, à Jimi Hendrix, camisa florida aberta sobre o peito suado, assustava as irmãs.

— Fala como um preto! — acusava Odete. — Além disso, fede a catinga. Sempre que vem aqui empesta a casa inteira.

Orlando enfurecia-se. Saía, batendo a porta. Regressava ao fim da tarde, mais seco, mais agudo, um homem muito aparentado a espinhos. Subia para o terraço, na companhia de Fantasma, de um maço de cigarros, de uma garrafa de uísque, e ficava por lá. Reentrava com a noite, carregando escuridões, um cheiro forte a álcool e a tabaco. Tropeçava nos pés, empurrando os móveis, sussurrando asperamente contra a puta da vida.

Os primeiros tiros assinalaram o início das grandes festas de despedida. Jovens morriam nas ruas, agitando bandeiras, e enquanto isso os colonos dançavam. Rita, a vizinha do apartamento ao lado, trocou Luanda pelo Rio de Janeiro. Na última noite, convidou duas centenas de amigos para um jantar que se prolongou até ao alvorecer.

— O que não conseguirmos beber deixamos com vocês — disse, mostrando a Orlando a despensa onde se amontoavam caixas com garrafas dos melhores vinhos portugueses: — Bebam-nas. O importante é que não fique nenhuma para os comunistas festejarem.

Três meses mais tarde o prédio estava quase vazio. Em contrapartida, Ludo não sabia onde colocar tantas garrafas de vinho, grades de cerveja, comida enlatada, presuntos, postas de bacalhau, quilos de sal, de açúcar e de farinha, além de um sem-fim de produtos de limpeza e higiene. Orlando recebera de um amigo, colecionador de carros desportivos, um Chevrolet Corvette e um Alfa Romeo GTA. Outro entregara-lhe as chaves do apartamento.

— Nunca tive sorte — queixava-se Orlando às duas irmãs, e era difícil compreender se ironizava ou falava a sério. — Logo agora que comecei a colecionar carros e apartamentos aparecem os comunistas a querer tirar-me tudo.

Ludo ligava o rádio e a revolução entrava em casa: *O poder popular é a causa desta confusão*, repetia um dos cantores mais populares do momento. *Êh irmão*, cantava outro: *ama o teu irmão / não vejas a cor que ele tem / vê nele somente um angolano. / Com o povo de Angola unido / a Independência chegará*. Algumas melodias não coincidiam com as letras. Pareciam roubadas a canções de uma outra época, baladas tristes como a luz de um crepúsculo antigo. Espreitando pelas janelas, meio oculta atrás das cortinas, Ludo via passar caminhões carregados de homens. Uns erguiam bandeiras. Outros, faixas com palavras de ordem:

Independência total!

Basta de 500 anos de opressão colonial!

Queremos o Futuro!

As reivindicações terminavam com pontos de exclamação. Os pontos de exclamação confundiam-se com as catanas que os manifestantes carregavam. As catanas também brilhavam nas bandeiras e nas faixas. Alguns homens carregavam uma em cada mão. Erguiam-nas. Batiam as lâminas umas contra as outras, num alarido lúgubre.

Uma noite, Ludo sonhou que por baixo das ruas da cidade, sob os respeitáveis casarões da baixa, se alongava uma interminável rede de túneis. As raízes das árvores desciam, soltas, através das abóbadas. Milhares de pessoas viviam nos subterrâneos, mergulhadas na lama e na escuridão, alimentando-se daquilo que a burguesia colonial lançava para os esgotos. Ludo caminhou por entre a turba. Os homens agitavam catanas. Batiam as lâminas umas contra as outras e o ruído ecoava pelos túneis. Um deles aproximou-se, colou o rosto sujo ao da portuguesa, e sorriu. Soprou-lhe ao ouvido, numa voz grave e doce:

— O nosso céu é o vosso chão.

ACALANTO PARA UMA PEQUENA MORTE

Odete insistia para abandonarem Angola. O marido ciciava, em resposta, palavras ríspidas. Elas podiam ir. Os colonos deviam embarcar. Ninguém os queria ali. Um ciclo se cumprira. Começava um tempo novo. Viesse sol ou temporal, nem a luz futura, nem os furacões por desatar iluminariam ou fustigariam portugueses. O engenheiro ia-se enfurecendo à medida que sussurrava. Podia enumerar durante horas os crimes cometidos contra os africanos, os erros, as injustiças, os despudores, até que a esposa desistia, e se fechava a chorar no quarto dos hóspedes. Foi uma enorme surpresa quando chegou a casa, dois dias antes da Independência, e anunciou que na semana seguinte estariam em Lisboa. Odete abriu muito os olhos:

— Por quê?

Orlando sentou-se numa das poltronas da sala de visitas. Arrancou a gravata, desabotoou a camisa, e, por fim, num gesto estranho nele, descalçou os sapatos e pousou os pés na mesinha de apoio:

— Porque podemos. Agora podemos partir.

Na noite seguinte o casal saiu para mais uma festa de despedida. Ludo esperou por eles, lendo, tricotando, até às duas da manhã. Foi-se deitar inquieta. Dormiu mal. Levantou-se às sete, vestiu um robe, chamou a irmã. Ninguém respondeu. Teve a certeza de que acontecera uma tragédia. Esperou mais uma hora antes de procurar a agenda dos telefones. Ligou primeiro para os Nunes, o casal que organizara a festa, na noite anterior. Atendeu um dos empregados. A família saíra para o aeroporto. O senhor engenheiro e esposa haviam estado na festa, sim,

mas por pouco tempo. Ele nunca vira o senhor engenheiro tão bem-
-disposto. Ludo agradeceu e desligou. Voltou a abrir a agenda. Odete
riscara, a tinta vermelha, os nomes dos amigos que haviam abandonado Luanda. Restavam poucos. Só três atenderam e nenhum sabia de
nada. Um deles, professor de matemática no Liceu Salvador Correia,
prometeu telefonar a um policial amigo. Ligaria mal conseguisse alguma informação.

Passaram-se horas. Começou um tiroteio. Primeiro disparos isolados e depois o crepitar intenso de dezenas de armas automáticas.
O telefone tocou. Um homem que lhe pareceu ainda jovem, com so-
taque lisboeta, de boas famílias, perguntou se podia falar com a irmã
da Doutora Odete.

— O que aconteceu?
— Calma, minha senhora, só queremos o milho.
— O milho?!
— A senhora sabe muito bem. Entregue-nos as pedras e dou-lhe a
minha palavra de honra que a deixamos em paz. Nada lhe acontecerá.
Nem a si, nem à sua irmã. Se quiserem, regressam as duas à metrópole
no próximo avião.
— O que fizeram à Odete e ao meu cunhado?
— O velho portou-se de forma irresponsável. Há pessoas que con-
fundem estupidez com coragem. Sou oficial do exército português, não
gosto que me tentem enganar.
— O que lhe fizeram? O que fizeram à minha irmã?
— Resta-nos pouco tempo. Isto pode resolver-se a bem ou a mal.
— Não sei o que pretende, juro, não sei...
— Quer voltar a ver a mana? Fique quietinha em casa, não tente
avisar ninguém. Logo que a situação acalme um pouco passaremos
pelo seu apartamento para buscar as pedras. A senhora entrega-nos a
encomenda e libertamos a Doutora Odete.

Disse isto e desligou. Fizera-se noite. Balas tracejantes riscavam o
céu. Explosões sacudiam as vidraças. Fantasma escondera-se atrás de

um dos sofás. Gemia baixinho. Ludo sentiu uma tontura, uma agonia. Correu até à casa de banho e vomitou na retrete. Sentou-se no chão a tremer. Mal recuperou as forças, dirigiu-se ao escritório de Orlando, onde só entrava, a cada cinco dias, para varrer o chão e limpar o pó. O engenheiro mostrava muito orgulho na escrivaninha, um móvel solene, frágil, que um antiquário português lhe vendera. A mulher tentou abrir a primeira gaveta. Não conseguiu. Foi buscar um martelo e partiu-a com três pancadas furiosas. Encontrou uma revista pornográfica. Afastou-a, enojada, descobrindo, debaixo dela, um maço de notas de cem dólares e uma pistola. Segurou a arma com ambas as mãos. Sentiu-lhe o peso. Acariciou-a. Era com aquilo que os homens se matavam. Um instrumento denso, escuro, quase vivo. Revirou o apartamento. Não encontrou nada. Finalmente, estendeu-se num dos sofás da sala de visitas e adormeceu. Despertou em sobressalto. Fantasma puxava-a pela saia. Rosnava. Uma brisa vinda do mar erguia molemente as finas cortinas rendadas. Estrelas flutuavam no vazio. O silêncio ampliava a escuridão. Um frêmito de vozes subia do corredor. Ludo levantou-se. Caminhou, descalça, até à porta de entrada e espreitou pelo olho mágico. Lá fora, junto aos elevadores, três homens discutiam em voz baixa. Um deles apontou para ela – para a porta – com um pé de cabra:

— Um cão, tenho a certeza. Ouvi um cão a ladrar.

— Como é, Minguito?! — criticou-o um sujeito seco, minúsculo, vestido com um dólmen militar excessivamente largo e comprido. — Não há ninguém aqui. Os colonos bazaram. Vá. Arromba essa merda.

Minguito avançou. Ludo recuou. Ouviu a pancada e, sem refletir, devolveu-a, um soco brutal, na madeira, que a deixou sem fôlego. Silêncio. Um grito:

— Quem está aí? Vão-se embora.

Risos. A mesma voz:

— Ficou uma! Como é, mamãe, esqueceram-se de você?

— Vão-se embora por favor.

— Abre a porta, mamãe. A gente só quer o que nos pertence. Vocês nos roubaram durante quinhentos anos. Viemos buscar o que é nosso.
— Tenho uma arma. Ninguém entra.
— Senhora, fica só calma. Você nos dá as joias, algum dinheiro, e a gente vai embora. Também temos mães, nós.
— Não. Não vou abrir.
— OK. Minguito, arromba lá isso.

Ludo correu ao escritório de Orlando. Agarrou na pistola, avançou, apontou-a para a porta de entrada e carregou no gatilho. Recordaria o momento do tiro, dia após dia, durante os trinta e cinco anos que se seguiram. O estrondo, o ligeiro salto da arma. A breve dor no pulso.

Como teria sido a sua vida sem aquele instante?

— Ai, sangue. Mamãe, você me matou.
— Trinitá! Meu camba, você está ferido?
— Bazem, bazem...

Tiros, na rua, muito perto. Tiros atraem tiros. Solte-se uma bala no céu e logo dezenas de outras se juntarão a ela. Num país em estado de guerra basta um estampido. O escape deficiente de um carro. Um foguete. Qualquer coisa. Ludo aproximou-se da porta. Viu o orifício aberto pela bala. Encostou o ouvido à madeira. Escutou o surdo arfar do ferido:

— Água, mamãe. Me ajude...
— Não posso. Não posso.
— Por favor, senhora. Estou a morrer.

A mulher abriu a porta, tremendo muito, sem largar a pistola. O assaltante estava sentado no chão, apoiado à parede. Não fosse a espessa barba, muito negra, julgá-lo-ia uma criança. Rosto miúdo, suado, olhos grandes que a fitavam sem rancor:

— Tanto azar, tanto azar, não vou ver a Independência.
— Desculpe, foi sem querer.
— Água, tenho bué de sede.

Ludo lançou um olhar assustado para o corredor.

— Entre. Não o posso deixar aqui.

O homem arrastou-se para dentro, gemendo. A sombra dele continuou encostada à parede. Uma noite se desprendendo de outra. Ludo pisou aquela sombra com os pés nus e escorregou.

— Meu Deus!

— Desculpe, avó. Estou a sujar a casa.

Ludo fechou a porta. Trancou-a. Dirigiu-se à cozinha, procurou água fresca na geladeira, encheu um copo e regressou à sala. O homem bebeu com sofreguidão:

— O que precisava mesmo era dum copito de ar fresco.

— Eu devia chamar um médico.

— Não vale a pena. Me matavam igual. Canta uma canção, avó.

— Como?

— Canta. Canta para mim uma canção macia tipo sumaúma.

Ludo pensou no pai, trauteando velhas modinhas cariocas para a adormecer. Pousou a pistola no soalho, ajoelhou-se, agarrou entre as suas as minúsculas mãos do assaltante, aproximou a boca do ouvido dele, e cantou.

Cantou durante muito tempo.

Mal a primeira luz acordou a casa, Ludo encheu-se de coragem, agarrou no morto ao colo, sem muito esforço, e levou-o para o terraço. Foi buscar uma pá. Abriu uma cova estreita num dos canteiros, entre rosas amarelas.

Meses antes, Orlando começara a construir no terraço uma pequena piscina. A guerra interrompera as obras. Os operários haviam deixado sacos de cimento, areia, tijolos, encostados aos muros. A mulher arrastou algum do material para baixo. Destrancou a porta de entrada. Saiu. Começou a erguer uma parede, no corredor, separando o apartamento do resto do prédio. Levou a manhã inteira nisso. Levou a tarde toda. Foi apenas quando a parede ficou pronta, após alisar o cimento, que sentiu fome e sede. Sentou-se à mesa da cozinha, aqueceu uma sopa e comeu devagar. Deu um resto de frango assado ao cão:

— Agora somos só tu e eu.

O animal veio lamber-lhe as mãos.

O sangue secara, junto à porta de entrada, formando uma mancha escura. Marcas de pés saíam dali a caminho da cozinha. Fantasma lambeu-as. Ludo afastou-o. Foi buscar um balde com água, sabão, uma escova, e limpou tudo. Tomou um duche quente. Ao sair da banheira o telefone tocou. Atendeu:

— As coisas complicaram-se. Não conseguimos passar ontem para apanhar o material. Iremos daqui a pouco.

Ludo desligou sem responder. O telefone voltou a tocar. Sossegou um instante, mas mal a mulher deu costas retomou a gritaria, nervoso, a exigir atenção. Fantasma veio da cozinha. Pôs-se a correr em círculos, ladrando, feroz, a cada tinido. Subitamente saltou sobre a mesa, derrubando o aparelho. A queda foi violenta. Ludo sacudiu a caixa preta. Dentro dela alguma coisa se soltara. Sorriu:

— Obrigada, Fantasma. Acho que não nos aborrecerá mais.

Lá fora, na noite convulsa, explodiam foguetes e morteiros. Carros buzinavam. Espreitando pela janela, a portuguesa viu a multidão avançando ao longo das ruas. Enchendo as praças com uma euforia urgente e desesperada. Fechou-se no quarto. Estendeu-se na cama. Afundou o rosto na almofada. Tentou imaginar-se muito longe dali, na segurança da antiga casa, em Aveiro, assistindo a filmes antigos na televisão enquanto saboreava chá e trincava torradas. Não conseguiu.

SOLDADOS SEM FORTUNA

Os dois homens esforçavam-se por disfarçar o nervosismo. Usavam barba rala, cabelo comprido e desgrenhado. Vestiam camisas coloridas, calças à boca de sino e calçavam botas militares. Benjamim, o mais jovem, assobiava alto enquanto conduzia o carro. Jeremias, o Carrasco, ia ao lado, mordendo um charuto. Passaram por carrinhas de caixa aberta transportando soldados. Os rapazes acenavam para eles, ensonados, fazendo com os dedos o v da vitória. Os dois homens respondiam do mesmo modo:

— Cubanos! — rosnou Jeremias. — Malditos comunistas.

Estacionaram o carro diante do Prédio dos Invejados e saíram. Um mendigo travou-os à entrada:

— Bom dia, camaradas.

— O que queres, pá?! — ralhou Jeremias. — Vens pedir dinheiro aos brancos? Esse tempo acabou. Na Angola independente, na trincheira firme do socialismo em África, não existe lugar para os pedintes. Aos pedintes corta-se-lhes a cabeça.

Afastou-o com um empurrão e entrou no prédio. Benjamim seguiu-o. Chamaram o elevador e subiram até ao décimo primeiro andar. Estacaram, surpresos, frente à parede recém-erguida:

— Que diabo?! Este país enlouqueceu.

— Será mesmo aqui? Tem a certeza?

— Se tenho a certeza? — Jeremias sorriu. Apontou para a porta em frente. — Ali, no décimo primeiro E, morava a Ritinha. As melhores pernas de Luanda. O mais belo mataco. Tiveste sorte em não ter conhecido a Ritinha. Quem a conheceu nunca mais consegue olhar para outra mulher sem experimentar um vago sentimento de desilusão e amargura. Como o céu de África. Se me obrigarem a sair daqui, Santo Deus, irei para onde?

— Compreendo, meu capitão. O que fazemos?

— Vamos buscar uma picareta e partimos a parede.

Reentraram no elevador e desceram. O mendigo esperava-os, acompanhado por cinco homens armados:

— São esses, camarada Monte.

O homem chamado Monte avançou. Dirigiu-se a Jeremias com uma voz segura, poderosa, que contrastava com a exiguidade do corpo:

— Importa-se de levantar a manga da camisa, camarada? Sim, a manga do braço direito. Quero ver o pulso...

— E por que faria isso?

— Porque estou a pedir com uma delicadeza de perfumista.

Jeremias soltou uma gargalhada. Ergueu a manga da camisa revelando uma tatuagem: *Audaces Fortuna Juvat*.

— Queria ver isto?

— Nem mais, capitão. Parece que a sua sorte acabou. Também é verdade que dois brancos saírem para a rua, nestes dias agitados, calçando botas da tropa portuguesa, me parece excessiva audácia.

Voltou-se para dois dos homens armados e ordenou-lhes que fossem buscar uma corda e amarrassem os mercenários. Prenderam-lhes as mãos atrás das costas e empurraram-nos para o interior de um Toyota Corolla, um carro em muito mau estado. Um dos homens sentou-se no lugar do morto. Monte ao volante. Os restantes seguiram atrás deles num jipe militar. Benjamim afundou o rosto nos joelhos, sem conseguir controlar o choro. Jeremias empurrou-o com o ombro, incomodado:

— Acalma-te. És um soldado português.

Monte interveio:

— Deixe o miúdo tranquilo. Não o deviam ter trazido. Quanto ao senhor, não passa de um prostituto a soldo do imperialismo americano. Devia ter vergonha.

— E os cubanos, esses não são mercenários?
— Os companheiros cubanos não vieram até Angola por dinheiro. Vieram por convicções.
— Eu fiquei em Angola por convicções. Combato pela civilização ocidental, contra o imperialismo soviético. Combato pela sobrevivência de Portugal.
— Tretas. Eu não acredito nisso. Você não acredita nisso, a sua mãe não acredita nisso. A propósito, que diabo estava a fazer no prédio da Rita?
— Conhece a Rita?!
— Rita Costa Reis? A Ritinha? Grandes pernas. As melhores pernas de Luanda.

Conversaram alegremente sobre as mulheres angolanas. Jeremias apreciava as luandenses. Contudo, acrescentou, nenhuma mulher do mundo igualava em tempero e destempero as mulatas benguelenses. Monte recordou então Riquita Bauleth, nascida no seio de uma das mais antigas famílias de Mossâmedes, eleita Miss Portugal em 1971. Jeremias capitulou. Riquita, sim, daria a vida para acordar uma manhã à luz daqueles olhos negros. O homem sentado ao lado de Monte interrompeu a conversa:

— É aqui, comandante. Chegamos.

A cidade ficara para trás. Um muro alto dividia um descampado. Embondeiros ao fundo e depois um horizonte azul, sem mácula. Saíram do carro. Monte desamarrou os dois mercenários. Endireitou-se:

— Capitão Jeremias Carrasco. Suponho que Carrasco seja alcunha. O senhor é culpado de atrocidades sem fim. Torturou e assassinou dezenas de nacionalistas angolanos. Alguns camaradas nossos gostariam de o ver num tribunal. Eu acho que não devemos perder tempo com julgamentos. O povo já o condenou.

Jeremias sorriu:

— O povo? Tretas. Eu não acredito nisso, você não acredita nisso, a sua mãe não acredita nisso. Deixe-nos ir e entrego-lhe uma mão-cheia de diamantes. Boas pedras. Você pode sair deste país e refazer a vida em qualquer outro lugar. Terá as mulheres que quiser.

— Obrigado. Não pretendo sair, e a única mulher que quero está na minha casa. Tenha uma boa viagem, e divirta-se, lá, para onde vai.

Monte regressou ao carro. Os soldados empurraram os portugueses até ao muro. Afastaram-se alguns metros. Um deles tirou uma pistola da cintura e, num gesto quase distraído, quase de enfado, apontou-a, e disparou três vezes. Jeremias Carrasco ficou estendido de costas. Viu aves a voarem no céu alto. Reparou numa inscrição, a tinta vermelha, no muro manchado de sangue, picado de balas.

O luto continua.

A SUBSTÂNCIA DO MEDO

Sinto medo do que está para além das janelas, do ar que entra às golfadas, e dos ruídos que traz. Receio os mosquitos, a miríade de insetos aos quais não sei dar nome. Sou estrangeira a tudo, como uma ave caída na correnteza de um rio.

Não compreendo as línguas que me chegam lá de fora, que o rádio traz para dentro de casa, não compreendo o que dizem, nem sequer quando parecem falar português, porque este português que falam já não é o meu.

Até a luz me é estranha.

Um excesso de luz.

Certas cores que não deveriam ocorrer num céu saudável.

Estou mais próxima do meu cão do que das pessoas lá fora.

DEPOIS DO FIM

Depois do fim, o tempo desacelerou. Pelo menos foi essa a perceção de Ludo. A 23 de fevereiro de 1976 escreveu no primeiro dos diários:

> *Hoje não aconteceu nada. Dormi. Dormindo sonhei que dormia. Árvores, bichos, uma profusão de insetos partilhavam os seus sonhos comigo. Ali estávamos todos, sonhando em coro, como uma multidão, num quarto minúsculo, trocando ideias e cheiros e carícias. Lembro-me que fui uma aranha avançando contra a presa e a mosca presa na teia dessa aranha. Senti-me flores desabrochando ao sol, brisas carregando pólenes. Acordei e estava sozinha. Se, dormindo, sonhamos dormir, podemos, despertos, acordar dentro de uma realidade mais lúcida?*

Uma manhã, levantou-se, abriu uma torneira e a água não jorrou. Assustou-se. Ocorreu-lhe pela primeira vez que poderia permanecer longos anos encerrada no apartamento. Fez um inventário do que havia na despensa. Não precisaria preocupar-se com o sal. Encontrou também farinha para vários meses, bem como sacos e sacos de feijão, pacotes de açúcar, grades de vinho e de refrigerantes, dezenas de latas de sardinha, de atum e de salsichas.

Nessa noite choveu. Ludo abriu um guarda-chuva e subiu ao terraço, arrastando baldes, bacias e garrafas vazias. Manhã cedo cortou as buganvílias e as flores ornamentais. Colocou uma mão-cheia de caroços de limão no canteiro onde enterrara o minúsculo assaltante.

Em quatro outros semeou milho e feijão. Em outros cinco plantou as últimas batatas que lhe restavam. Uma das bananeiras carregava um enorme cacho. Tirou algumas bananas e levou-as para a cozinha. Mostrou-as a Fantasma:

— Vês? Orlando plantou as bananeiras para que produzissem lembranças. A nós vão matar-nos a fome. Ou melhor, a mim vão matar-me a fome, suponho que tu não aprecias bananas.

No dia seguinte, a água retornou às torneiras. Dali para a frente iria falhar com frequência, assim como a eletricidade, até desaparecer de vez. Nas primeiras semanas, incomodavam-na mais os apagões do que os cortes de água. Fazia-lhe falta a rádio. Gostava de ouvir o noticiário internacional na BBC e na Rádio Difusão Portuguesa. Escutava também as estações angolanas, mesmo se a irritavam os constantes discursos contra o colonialismo, o neocolonialismo e as forças da reação. O rádio era um aparelho magnífico, com caixa de madeira, estilo *art deco*, e teclas em marfim. Carregava-se numa das teclas e ele iluminava-se como uma cidade. Ludo girava os botões à procura de vozes. Chegavam-lhe frases soltas em francês, inglês ou nalguma obscura língua africana:

... *Israeli commandos rescue airliner hostages at Entebe...*

... *Mao Tse Tung est mort...*

... *Combattants de l'indépendance aujourd'hui victorieuse...*

... *Nzambe azali bolingo mpe atonda na boboto...*

Além disso havia o gira-discos. Orlando colecionava *LPs* da canção francesa. Jacques Brel, Charles Aznavour, Serge Reggiani, Georges Brassens, Léo Ferré. A portuguesa ouvia Brel enquanto o mar engolia a luz. A cidade adormecendo e ela deslembrando nomes. Uma nesga de sol ardendo ainda. E a noite, pouco a pouco, e o tempo se alongando sem rumo. O corpo fatigado e a noite de azul em azul. O cansaço calcando-lhe os rins. Ela supondo-se rainha, acreditando que alguém, em algum lado, a esperaria como se espera uma rainha. Mas não havia ninguém, em qualquer lugar do mundo, aguardando por ela. A cidade adormecendo e os pássaros como vagas, e as vagas como aves, e as mulheres como mulheres, e ela nada segura de serem as mulheres o futuro do Homem.*

Uma tarde, despertou-a um redondo alvoroço de vozes. Levantou-se em pânico, imaginando que iam invadir-lhe a casa. A sala de visitas dava para o apartamento de Rita Costa Reis. Colou o ouvido à parede. Duas mulheres, um homem, várias crianças. A voz do homem era ampla, sedosa, muito agradável. Falavam entre eles numa daquelas línguas melódicas e enigmáticas que por vezes o rádio lhe trazia. Uma ou outra palavra soltava-se do conjunto e ficava aos saltos, como uma bola colorida, indo e vindo no interior do seu cérebro:

Bolingô. Bisô. Matondi.

O Prédio dos Invejados foi-se animando com a chegada de novos moradores. Gente vinda dos musseques, camponeses recém-chegados à cidade, angolanos regressados do vizinho Zaire e legítimos zairenses. Nenhum habituado a viver em prédios de apartamentos. Uma madrugada, bem cedo, Ludo espreitou pela janela do quarto e deu com uma mulher a urinar na varanda do décimo A. Na varanda do décimo D, cinco galinhas assistiam ao nascer do sol. As traseiras do edifício davam para um extenso átrio, que, poucos meses antes, ainda servira de parque de estacionamento. Construções altas, ao lado e adiante, fechavam o espaço. Uma flora desvairada arremessava-se sobre toda a extensão. Água emergia de algum abismo, no centro, e corria solta, até morrer entre montes de lixo e barro, junto às paredes dos prédios. Naquele local espreguiçara-se em tempos uma lagoa. Orlando gostava de recordar os anos trinta, ele, um menino, quando vinha brincar com os amigos entre o capim alto. Encontravam ossadas de crocodilos e hipopótamos. Caveiras de leões.

Ludo testemunhou o ressuscitar da lagoa. Assistiu, inclusive, ao regresso dos hipopótamos (sejamos objetivos: de um hipopótamo).

---

* *La ville s'endormait / Et j'en oublie le nom / Sur le fleuve en amont / Un coin de ciel brûlait / La ville s'endormait / Et j'en oublie le nom etc. Jacques Brel em La ville s'endormait.*

Isso sucedeu muitos anos depois. Lá chegaremos. Nos meses que se seguiram à Independência, a mulher e o cão repartiram atum e sardinhas, salsichas e chouriços. Esgotadas as latas, passaram a comer sopas de feijão e arroz. Por essa altura, já se sucediam dias inteiros sem energia elétrica. Ludo começou a fazer pequenas fogueiras na cozinha. Primeiro, queimou os caixotes, papéis sem préstimo, os galhos secos da buganvília. A seguir, os móveis inúteis. Ao retirar as traves da cama do casal descobriu, debaixo do colchão, uma bolsinha de couro. Abriu-a, e, sem surpresa, viu dezenas de pequenas pedras rolarem no soalho. Após queimar camas e cadeiras começou a arrancar os ladrilhos. A madeira densa, pesada, ardia devagar, gerando um belo fogo. Ao princípio usou fósforos. Esgotados os fósforos passou a servir-se de uma das lupas com que Orlando costumava estudar a sua coleção de selos ultramarinos. Esperava que o sol, por volta das dez da manhã, inundasse de luz o chão da cozinha. Evidentemente, só conseguia cozinhar em dias de sol.

Veio a fome. Durante semanas, longas como meses, Ludo mal comeu. Alimentou Fantasma a papas de farinha de trigo. As noites fundiam-se com os dias. Acordava e via o cão a vigiá-la numa feroz ansiedade. Adormecia e sentia-lhe o bafo ardente. Foi à cozinha procurar uma faca, a de lâmina mais longa, a mais afiada, e passou a trazê-la presa à cintura, como uma espada. Também ela se debruçava sobre o sono do animal. Várias vezes lhe encostou a faca ao pescoço.

Entardecia, amanhecia, e era o mesmo vazio sem princípio ou fim. A indeterminada altura escutou, vindo do terraço, um forte restolhar. Subiu, apressada, e encontrou Fantasma a devorar um pombo. Adiantou-se, decidida a arrancar-lhe um pedaço. O cão fincou as patas no chão e mostrou-lhe os dentes. Um sangue espesso, noturno, ao qual se agarravam ainda restos de penas e de carne, cobria-lhe o focinho. A mulher recuou. Lembrou-se então de preparar um conjunto de armadilhas muito simples. Caixotes virados com a boca para baixo, numa inclinação precária, apoiados num graveto. Um fio atado ao graveto.

À sombra, dois ou três diamantes. Esperou mais de duas horas, agachada, escondida atrás do guarda-chuva, até um pombo pousar no pátio. A ave aproximou-se com titubeantes passinhos de bêbado. Recuou. Bateu asas, afastou-se, perdeu-se no céu iluminado. Regressou dali a pouco. Desta vez rodeou a armadilha, bicou o fio, com desconfiança, e então, atraída pelo brilho das pedras, avançou para a sombra do caixote. Ludo puxou o fio. Nessa tarde caçou outros dois pombos. Cozinhou-os e recuperou as forças. Nos meses seguintes apanhou muitos mais.

Não choveu durante muito tempo. Ludo regou os canteiros com a água acumulada na piscina. Finalmente, rasgou-se a fria cortina de nuvens baixas, a que em Luanda se chama cacimbo, e a água voltou a cair. O milho cresceu. Os feijoeiros deram flor e vagens. A romãzeira encheu-se de frutos vermelhos. Por essa altura, começaram a rarear os pombos no céu da cidade. Um dos últimos a cair na armadilha trazia uma anilha enrolada à pata direita. Ludo encontrou, presa à anilha, um pequeno cilindro de plástico. Abriu-o e retirou um papelinho enrolado, como uma rifa. Leu a frase escrita a tinta lilás, numa caligrafia miúda, firme:

Amanhã. Seis horas, lugar habitual. Muito cuidado. Amo-te.

Voltou a enrolar o papel e a recolocá-lo no pequeno cilindro. Hesitou. A fome roía-lhe o estômago. Além disso, o pombo engolira uma ou duas das pedras. Restavam poucas, algumas demasiado grandes para servirem de isco. Por outro lado, o bilhete intrigava-a. Sentia-se, de súbito, poderosa. O destino de um casal estava ali, nas suas mãos, palpitando de puro terror. Segurou-o com firmeza, a esse destino alado, e lançou-o de encontro ao amplo céu. Escreveu no diário:

Penso na mulher esperando o pombo. Não confia nos correios – ou já não haverá correios? Não confia nos telefones – ou os telefones terão, entretanto, deixado de funcionar? Não confia nas pessoas, isso é certo. A humanidade nunca funcionou muito bem. Vejo-a segurando o pombo, sem saber que, antes dela, eu o tive a tremer entre as minhas mãos. A mulher quer fugir. Não sei do que quer fugir. Deste país que se desmorona, de um casamento sufocante, de um futuro que lhe aperta os pés, como sapatos alheios? Pensei em acrescentar ao bilhete uma pequena nota – "Mate o Mensageiro". Sim, se ela matasse o pombo, encontraria um diamante. Assim lerá o bilhete, antes de devolver o pombo ao pombal. Às seis da manhã irá encontrar-se com um homem que eu imagino alto, de gestos sucintos e coração atento. Uma vaga tristeza o ilumina (a este homem) enquanto prepara a fuga. Fugir fará dele um traidor à Pátria. Errará pelo mundo, amparando-se ao amor de uma mulher, mas nunca mais conseguirá adormecer sem antes levar a mão direita ao lado esquerdo do peito. A mulher reparará no gesto.

Dói-te alguma coisa?

O homem sacudirá a cabeça, negando. Nada. Não tem nada. Como explicar que lhe dói a infância perdida?

Espreitando através da janela do quarto, podia ver, nas dilatadas manhãs de sábado, uma das vizinhas, na varanda do décimo A, a pilar milho. Via-a depois a bater o funge. A preparar e a grelhar peixe, ou, outras vezes, gordas pernas de frango. O ar enchia-se de um fumo áspero, cheiroso, que abria o apetite. Orlando apreciava a culinária angolana. Ludo, porém, recusou-se sempre a cozinhar coisas de pretos. Muito se arrependeu. Naqueles dias só lhe apetecia comer churrasco. Começou a vigiar as galinhas que ficavam na varanda, ciscando, ao amanhecer, os primeiros grãos de sol. Aguardou por uma madrugada de domingo. A cidade dormia. Debruçou-se da janela e fez deslizar um cordel, com um nó corredio na ponta, até à varanda do décimo A. Ao fim de uns quinze minutos conseguiu laçar o pescoço de um enorme galo negro. Deu um puxão forte, e alçou-o rapidamente. Para sua surpresa o animal ainda estava vivo (embora não muito) quando o pousou no chão do quarto. Sacou a faca da cintura, ia para o degolar – quando a deteve súbita inspiração. Teria bastante milho durante os próximos meses, além de feijões e bananas. Com um galo e uma galinha poderia começar uma criação. Seria bom comer ovos frescos todas as semanas. Voltou a descer a corda e dessa vez conseguiu laçar uma das galinhas por uma pata. A infeliz debateu-se num horrendo alarido, soltando plumas e penas e poeira. No instante seguinte, o prédio despertou com os gritos da vizinha:

— Ladrões! Ladrões!

A seguir, constatada a impossibilidade de alguém haver galgado as lisas paredes para alcançar a varanda e roubar os galináceos, as acusações transformaram-se num aterrorizado lamento:

— Feitiço... Feitiço...

E logo a seguir numa certeza:

— A Kianda... A Kianda...

Ludo ouvira Orlando falar da Kianda. O cunhado tentou explicar-lhe a diferença entre Kiandas e sereias:

— A Kianda é uma entidade, uma energia capaz do bem e do mal. Essa energia se exprime através de luzes coloridas emergindo da água, das ondas do mar e da fúria dos ventos. Os pescadores prestam-lhe tributo. Quando eu era criança e brincava junto à lagoa, atrás deste prédio, encontrava sempre oferendas. Às vezes a Kianda sequestrava um passeante. As pessoas reapareciam dias depois, muito longe, junto a outras lagoas ou rios, ou numa praia qualquer. Isso acontecia muito. A partir de certa altura a Kianda passou a ser representada como uma sereia. Transformou-se numa sereia, mas manteve os poderes originais.

Foi desta forma, com um furto grosseiro, e um golpe de sorte, que Ludo iniciou uma pequena criação de galináceos, no terraço, contribuindo ao mesmo tempo para reforçar a crença dos luandenses na presença e na autoridade das Kiandas.

A MULEMBA DE CHE GUEVARA

No pátio, onde surgiu a lagoa, existe uma árvore enorme. Descobri, consultando na biblioteca um livro sobre flora angolana, que se trata de uma mulemba (Ficus thonningii). *Em Angola, é considerada a árvore real, ou árvore da palavra, porque os sobas e os seus makotas se costumavam reunir à sombra delas para discutir os problemas da tribo. As ramadas mais altas quase alcançam as janelas do meu quarto.*

Às vezes vejo um macaco passeando-se pelos ramos, lá no fundo, por entre a sombra e os pássaros. Deve ter pertencido a alguém, talvez tenha fugido, ou então o dono abandonou-o. Simpatizo com ele. É, como eu, um corpo estranho à cidade.

Um corpo estranho.

As crianças atiram-lhe pedras, as mulheres perseguem-no com paus. Gritam com ele. Insultam-no.

Dei-lhe um nome: Che Guevara, porque tem um olhar um pouco trocista, rebelde, uma altivez de rei que perdeu o reino e a coroa.

Uma vez encontrei-o no terraço a comer bananas. Não sei como faz para subir. Talvez saltando dos ramos da mulemba para uma das janelas e de lá para o parapeito. Não me incomoda. As bananas e as romãs chegam para os dois – pelo menos por agora.

Gosto de abrir as romãs, e de revolver entre os dedos o lume delas. Gosto inclusive da palavra romã, do brilho da manhã que nela existe.

A SEGUNDA VIDA DE JEREMIAS CARRASCO

Todos podemos, ao longo de uma vida, conhecer várias existências. Eventualmente, desistências. Aliás, o mais habitual. Poucos, contudo, têm a possibilidade de vestir uma outra pele. A Jeremias Carrasco aconteceu-lhe quase isso. Despertou, após um fuzilamento negligente, numa cama demasiado curta para o seu metro e oitenta e cinco, e tão estreita que, se descruzasse os braços, ambos penderiam, os dedos tocando o chão de cimento, cada um para o seu lado. Sentia fortes dores na boca, pescoço e peito, e uma terrível dificuldade em respirar. Viu, ao abrir os olhos, um teto baixo, descolorido e estalado. Uma pequena osga, pendurada mesmo por cima dele, estudava-o com curiosidade. A madrugada descia, ondulante e perfumada, através de uma minúscula janela, situada na parede em frente, junto ao teto.

Morri, pensou Jeremias. *Morri, e aquela osga é Deus.*

Supondo que a osga fosse Deus, dir-se-ia hesitante no destino a dar-lhe. Tal indecisão parecia a Jeremias mais estranha do que ver-se face a face com o Criador, e este assumir a forma de um réptil. Jeremias sabia, desde há muito, estar destinado a arder pela eternidade fora nas chamas do Inferno. Matara, torturara. E se ao princípio o fizera por dever, cumprindo ordens, a seguir tomara-lhe o gosto. Só se sentia desperto, inteiro, enquanto corria através da noite, perseguindo outros homens.

— Decide-te — disse Jeremias à osga. Ou melhor, tentou dizer, mas o que lhe saiu da boca foi apenas um surdo novelo de sons. Experimentou de novo e, como num pesadelo, repetiu-se o escuro borbotar.

Não tentes falar. Aliás, não falarás nunca mais.

Jeremias julgou, por instantes, que fosse Deus condenando-o ao silêncio eterno. Depois rodou os olhos para a direita e viu uma mulher gordíssima encostada à porta. As mãos, de dedos mínimos e frágeis, bailavam diante dela enquanto falava:

— Ontem, a tua morte foi notícia nos jornais. Publicaram uma fotografia, um pouco antiga, quase não te reconheci. Dizem que foste um diabo. Morreste, reencarnaste, tens uma nova oportunidade. Aproveita-a.

Madalena trabalhava há cinco anos no Hospital Maria Pia. Antes disso fora freira. Uma vizinha assistira, de longe, ao fuzilamento dos mercenários e alertou-a. A enfermeira conduziu sozinha até ao local. Um dos homens ainda vivia. Uma bala atravessara-lhe o peito, num percurso miraculoso, perfeito, sem atingir qualquer órgão vital. Um segundo projétil entrou-lhe pela boca, estilhaçando os dois incisivos superiores, e perfurando-lhe depois a garganta.

— Não entendo o que aconteceu. Tentaste agarrar a bala com os dentes? — Riu-se, agitando o corpo. A luz parecia rir-se com ela: — Bons reflexos, sim senhor. E nem foi má ideia. Se a bala não tivesse encontrado os dentes, a trajetória seria outra. Ter-te-ia matado ou deixado paralítico. Achei melhor não te levar para o hospital. Cuidariam de ti e quando estivesses bom voltariam a fuzilar-te. Assim, paciência, tratei-te eu mesma com os poucos recursos disponíveis. Resta-me tirar-te de Luanda. Não sei por quanto tempo conseguirei esconder-te. Se os camaradas te encontram, fuzilam-me também a mim. Assim que for possível viajaremos para o Sul.

Escondeu-o durante quase cinco meses. Através da rádio, Jeremias foi seguindo a difícil progressão das tropas governamentais, apoiadas por cubanos, contra a improvisada e volátil aliança entre a UNITA, a FNLA, o exército sul-africano e mercenários portugueses, ingleses e norte-americanos.

Jeremias dançava na praia, em Cascais, com uma loira platinada, e nunca estivera na guerra, nunca matara, nunca torturara ninguém, quando Madalena o sacudiu:

— Vamos, capitão! É hoje ou nunca.

O mercenário ergueu-se da cama, com esforço. A chuva estalava na escuridão, abafando o ruído do escasso trânsito que circulava àquela hora. Viajaram numa velha carrinha, uma Citroën dois cavalos, com a carroceria de um amarelo muito gasto, meio roída pela ferrugem, mas com o motor em perfeito estado. Jeremias ia estendido, atrás, oculto por vários caixotes com livros.

— Livros infundem respeito — explicou a enfermeira. — Se levasse caixotes carregados de garrafas de cerveja, os soldados iriam revistar o veículo de uma ponta à outra. Além disso, chegaria a Mossâmedes sem uma única garrafa.

O estratagema revelou-se acertado. Nos numerosos controles pelos quais passaram, os militares perfilavam-se ao verem os livros, pediam muita desculpa a Madalena, e deixavam-na seguir. Desembocaram em Mossâmedes numa manhã sem ar. Jeremias viu, espreitando através de um pequeno buraco, aberto na chapa ferrugenta do veículo, a pequena cidade girando ao redor de si mesma, lenta e atordoada, como um bêbado num funeral. Meses antes, as tropas sul-africanas haviam passado por ali, a caminho de Luanda, desbaratando facilmente uma tropa formada por pioneiros e mucubais.

Madalena estacionou a carrinha diante de um sólido casarão azul. Saiu, deixando Jeremias a assar lá dentro. O mercenário suava muito. Mal respirava. Achou preferível sair, arriscando-se a ser preso, a morrer assim. Não conseguia afastar os caixotes. Começou aos pontapés na chapa. Acudiu um velho.

— Quem está aí?

Escutou então a voz suave de Madalena:

— Levo um cabrito para o Virei.

— Um cabrito para o Virei?! Ah! Ah! Ah! Um cabrito para o Virei!

Com a carrinha em marcha entrava algum ar fresco. Jeremias sossegou. Andaram mais uma hora, aos saltos, por caminhos secretos, através de uma paisagem que, a Jeremias, parecia feita por inteiro de duro vento, pedra, poeira e arame farpado. Finalmente, detiveram-se. Um alarido de vozes cercou o veículo. A porta traseira foi aberta e alguém retirou as caixas. Surgiram dezenas de rostos curiosos. Mulheres com o corpo pintado de vermelho. Algumas já maduras. Outras ainda adolescentes, de seios arrebitados e mamilos túrgidos. Rapazes altos, elegantíssimos, com um tufo de cabelo no topo da cabeça.

— O meu falecido pai nasceu no deserto. Foi enterrado aqui. Esta gente tem-lhe muita devoção — explicou Madalena. — Vão acolher-te e esconder-te o tempo que for necessário.

O mercenário sentou-se no chão, ajeitando os ombros, como um rei que desfilasse nu, a sombra espinhosa dum mutiati. Um grupo de crianças rodeou-o, tocando-o, puxando-lhe os cabelos. Os rapazes riam alto. Intrigava-os o áspero silêncio do homem, o olhar distante, o espetro de um passado que intuíam violento e agitado. Madalena despediu-se dele com um leve aceno de cabeça:

— Espera aqui. Virão buscar-te. Quando tudo acalmar poderás cruzar a fronteira para o Sudoeste Africano. Suponho que terás bons amigos entres os carcamanos.

Decorreriam anos. Décadas. Jeremias jamais cruzou a fronteira.

MAIO, 27

Esta manhã Che Guevara estava muito agitado.
Pulava de ramo em ramo. Gritava.

Mais tarde, através da janela da sala, vi um homem correndo. Um tipo alto, magérrimo, incrivelmente ágil. Três soldados perseguiam-no a curta distância. Populares jorravam das esquinas, às golfadas, juntando-se aos soldados. Em escassos segundos havia uma multidão no encalço do fugitivo. Vi-o embater contra um menino que se atravessara diante dele, numa bicicleta, e rolar desamparado na poeira. A turba ia alcançá-lo, estava à distância de um braço, quando o homem, subindo na bicicleta, retomou a fuga. Nessa altura já um segundo grupo se formara, cem metros adiante, e choviam pedras. O desgraçado enfiou por uma ruela estreita. Se pudesse ver a partir do alto, como eu, não o teria feito: um beco. Quando percebeu o erro, largou a bicicleta e tentou pular o muro.

Uma pedrada atingiu-o na nuca e ele caiu.

Os populares alcançaram-no. Saltaram sobre o corpo magro aos pontapés. Um dos soldados ergueu uma pistola e disparou para o ar, abrindo caminho. Ajudou o homem a erguer-se, mantendo a pistola apontada contra a multidão. Os outros dois gritavam ordens, procurando serenar os ânimos. Por fim, lá conseguiram fazer recuar a multidão, arrastaram o prisioneiro até uma carrinha, atiraram-no para dentro, e foram-se embora.

Não tenho energia elétrica há mais de uma semana. Portanto, não ouço rádio. Não consigo saber o que se passa.

Despertei com tiros. Vi, mais tarde, através da janela da sala, o homem magérrimo a correr. Fantasma cirandou o dia inteiro, rodando sobre o próprio medo, mordendo os dedos. Escutei gritos no apartamento ao lado. Vários homens discutindo. Depois, silêncio. Não consegui dormir. Às quatro da manhã subi ao terraço. A noite, como um poço, engolia estrelas.

Então vi passar uma carrinha de caixa aberta carregando cadáveres.

SOBRE AS DERRAPAGENS DA RAZÃO

Monte não gostava de interrogatórios. Ainda hoje se esquiva a falar sobre o assunto. Evita, inclusive, recordar os anos setenta, quando, para preservar a revolução socialista, se permitiram, utilizando um eufemismo grato aos agentes da polícia política, certos excessos. Confessou a amigos ter aprendido bastante acerca da natureza humana enquanto interrogava fracionistas, e jovens ligados à extrema esquerda, nos anos terríveis que se seguiram à Independência. Pessoas com uma infância feliz, afirmou, costumam ser difíceis de quebrar.

Talvez estivesse a pensar no Pequeno Soba.

Pequeno Soba, de seu nome de batismo, Arnaldo Cruz, não gosta de conversar sobre os períodos em que permaneceu detido. Órfão desde tenra idade, criado pela avó paterna, a velha Dulcineia, doceira de profissão, nunca lhe faltou nada. Completou o Liceu, e então, quando todos esperavam vê-lo ingressar na faculdade e virar doutor, meteu-se em sarilhos políticos e foi preso. Estava há quatro meses no Campo de São Nicolau, a cento e poucos quilômetros de Mossâmedes, quando eclodiu em Portugal a Revolução dos Cravos. Reapareceu em Luanda como um herói. A velha Dulcineia acreditava que o neto seria nomeado ministro, mas Pequeno Soba possuía mais alento do que talento para as tramas da política, e, decorridos poucos meses após a Independência, era então estudante de Direito, voltou a ser preso. A avó não suportou o desgosto. Morreu, de ataque cardíaco, dias depois.

Pequeno Soba conseguiu fugir da cadeia, escondendo-se dentro de um caixão, episódio burlesco, a merecer, adiante, narrativa mais dilatada.

Uma vez no exterior passou a viver na clandestinidade. Todavia, ao invés de se refugiar em algum quarto escuro, ou mesmo dentro de um armário, em casa de uma tia velha, como alguns camaradas seus, optou pela situação oposta. Aquilo que todos veem, deixa de ser visto, filosofava. Passou, assim, a circular pelas ruas, andrajoso, os cabelos em compridas e desgrenhadas tranças, coberto de lama e de alcatrão. Para melhor desaparecer, escapando às rusgas dos militares, que percorriam a cidade, noite e dia, arrebanhando carne para canhão, fingia-se de louco. Uma pessoa só consegue passar-se por alienada, só consegue que os outros acreditem nisso, se nesse processo enlouquecer um pouco.

— Imagine adormecer pela metade — explica Pequeno Soba: — Uma parte de você vigia, a outra vagueia. A que vagueia é a parte pública.

Foi nesse estado de quase invisibilidade social e semidemência, com a lucidez viajando como passageira clandestina, que Pequeno Soba viu o pombo:

— Dias de fome. Eu mal me conseguia pôr em pé, qualquer brisa me levava. Fabriquei uma chifuta, com um galho, umas tiras de borracha, e estava tentando caçar alguma ratazana, lá, no Catambor, quando um pombo veio descendo, iluminado, a brancura dele aclarando tudo em redor. Eu pensei, é o Espírito Santo. Procurei uma pedra, mirei o pombo, e atirei. Acertei em cheio. Morreu antes de tocar o chão. Reparei logo no pequeno cilindro de plástico preso à anilha. Abri-o, retirei o papelito, e li: *Amanhã. Seis horas, lugar habitual. Muito cuidado. Amo-te.* Foi ao estripar o pombo, para o grelhar, que encontrei os diamantes. — Pequeno Soba não compreendeu logo o que acontecera: — No meu desentendimento acreditei que fora Deus a dar-me as pedras. Achei até que fora Deus quem escrevera a mensagem para mim. O meu local habitual era em frente à Livraria Lello. No dia seguinte, às seis horas, lá estava eu, aguardando que Deus se manifestasse.

Deus manifestou-se, por linhas tortas, através de uma mulher gordíssima, de rosto liso, encerado, e uma expressão de perpétuo encantamento. A mulher desceu de uma carrinha, um velho Citroën dois cavalos, e avançou na direção de Pequeno Soba, que a observava, meio escondido atrás de um contentor de lixo.

— Ó bonitão! — gritou Madalena. — Preciso da tua ajuda.

Pequeno Soba aproximou-se assustado. A mulher disse-lhe que costumava observá-lo. Irritava-a ver um homem em perfeito estado, aliás, em muito perfeito estado, passar o dia estendido na rua, a fazer de maluco. O ex-presidiário endireitou-se, incapaz de reprimir a indignação:

— Sou tremendamente maluco!

— Não o suficiente — atalhou a enfermeira. — Um verdadeiro maluco tentaria parecer um pouco mais circunspecto.

Madalena herdara uma chitaca próximo a Viana, onde produzia fruta e hortaliças, tão difíceis de encontrar na capital, e procurava alguém capaz de vigiar a propriedade. Pequeno Soba aceitou. Não pelas razões óbvias, estalava de fome e numa quinta comeria todos os dias. Além disso, estaria a salvo de militares, polícias e outros predadores. Anuiu, por acreditar ser essa a vontade de Deus.

Ao fim de cinco meses, bem alimentado, mais bem dormido, recuperou por completo a lucidez. No caso dele, infelizmente, a lucidez revelou-se inimiga do bom senso. Teria ganho em manter-se alienado durante mais cinco ou seis anos. Lúcido, voltou-lhe a inquietação. Doía-lhe na alma, como num órgão por onde circulasse sangue, o descalabro do país. Magoava-o ainda mais o destino dos companheiros que deixara atrás das grades. Reatou, pouco a pouco, antigas ligações. Juntamente com um jovem futebolista, Maciel Lucamba, que conhecera no Campo de São Nicolau, arquitetou um imaginoso plano, que previa o resgate de um grupo de prisioneiros, e a sua fuga, numa traineira, com destino a Portugal. Nunca falou a ninguém dos diamantes. Nem sequer a Maciel. Pretendia vender as pedras para pagar parte da operação. Não sabia a quem as vender, e nem lhe deram tempo para refletir acerca disso. Numa tarde de domingo, enquanto descansava, estendido numa esteira, dois sujeitos surgiram de rompante e levaram-no preso. Magoou-o descobrir que Madalena fora igualmente detida.

Monte interrogou-o. Pretendia comprovar a participação da enfermeira na conjura. Prometeu libertar os dois, caso o jovem revelasse o paradeiro de um mercenário português que Madalena teria socorrido. Pequeno Soba podia ter dito a verdade, que nunca ouvira falar no mercenário. Achou, apesar disso, que qualquer palavra trocada com o agente equivaleria a reconhecer-lhe legitimidade, e, assim, limitou-se a cuspir no chão. A teimosia deixou-lhe cicatrizes pelo corpo.

Durante todo o período em que permaneceu detido, manteve consigo os diamantes. Nem os guardas, nem os restantes prisioneiros suspeitaram alguma vez de que aquele jovem humilde, sempre preocupado com os outros, escondesse uma pequena fortuna. Na manhã de 27 de maio de 1977, despertou-o um brutal estrondo. Tiros. Um desconhecido abriu-lhe a porta da cela e gritou-lhe que, se quisesse, podia sair. Um grupo de revoltosos ocupara a cadeia. O rapaz atravessou o tumulto com a placidez de um fantasma, sentindo-se muito mais inexistente do que quando vagueava pela cidade disfarçado de maluco. No pátio, sentada à sombra de um frangipani, encontrou uma poetisa muito respeitada, referência histórica do movimento nacionalista, que, como ele, fora detida poucos dias após a Independência, acusada de apoiar uma corrente de intelectuais que vinha criticando a direção do partido. Pequeno Soba perguntou por Madalena. Fora solta semanas antes. A polícia não conseguira provar nada contra ela.

— Mulher extraordinária! — acrescentou a poetisa. Aconselhou Pequeno Soba a não abandonar a prisão. Na opinião dela a revolta seria rapidamente sufocada e os fugitivos apanhados à mão, torturados e fuzilados: — Vem aí um banho de sangue.

Concordou. Estreitou-a num demorado abraço, e saiu, encandeado, para a luz caudalosa das ruas. Pensou em procurar Madalena. Queria apresentar-lhe as melhores desculpas. Sabia, contudo, que isso poderia trazer-lhe ainda mais problemas. A polícia começaria por procurá-lo na casa dela. Cirandou então pela cidade, atordoado, angustiado, ora seguindo, de longe, os grupos de manifestantes, ora acompanhando os movimentos das forças fiéis ao presidente. Andava por aqui e por ali, a cada instante mais perdido, quando um militar o reconheceu. O homem começou a persegui-lo, gritando: — Fracionista! Fracionista! – E em poucos segundos reunira-se uma multidão para o caçar. Pequeno Soba media um metro e oitenta e cinco, pernas compridas. Na adolescência praticara atletismo. Os meses passados numa cela estreita, porém, haviam-lhe roubado o fôlego. Nos primeiros quinhentos metros conseguiu distanciar-se dos perseguidores. Chegou a acreditar que os despistaria. Infelizmente, o tumulto atraiu mais gente. Sentia o peito a estalar. O suor caía-lhe sobre os olhos, turvando-lhe a vista. Uma bicicleta surgiu, de súbito, diante dele. Não conseguiu desviar-se e caiu sobre ela. Ergueu-se, agarrou-a, e voltou a ganhar distância. Curvou à direita. Um beco. Largou a bicicleta e tentou saltar o muro. Uma pedra atingiu-o na nuca, sentiu na boca um gosto a sangue, uma tontura. No instante seguinte estava num carro, algemado, um militar de cada lado, e todos aos gritos.

— Vais morrer, lagartixa! — uivou o que conduzia. — Temos ordens para vos matar a todos. Antes, arranco-te as unhas, uma a uma, até contares tudo o que sabes. Quero os nomes dos fracionistas.

Não lhe arrancou unha nenhuma. Um caminhão saltou para cima deles, no cruzamento seguinte, atirando o carro contra o passeio. A porta do lado oposto ao embate abriu-se, e Pequeno Soba viu-se cuspido, juntamente com um dos militares. Ergueu-se a custo, sacudindo sangue, próprio e alheio, e cacos de vidro. Nem teve tempo de compreender o que acontecera. Um sujeito robusto, com um sorriso no qual pareciam brilhar sessenta e quatro dentes, aproximou-se dele, colocou-lhe um casaco a cobrir as algemas, e arrastou-o dali. Quinze minutos depois entravam num prédio elegante, embora bastante degradado. Subiram onze andares a pé, Pequeno Soba mancando muito, pois quase quebrara a perna direita.

— Os elevadores não funcionam — desculpou-se o homem do sorriso resplandecente. — Os matuenses jogam o lixo na caixa dos elevadores. Tem lixo quase até lá acima.

Convidou-o a entrar. Na parede da sala, pintada de rosa-choque, sobressaía uma tela a óleo, retratando, em traços ingênuos, o feliz proprietário. Duas mulheres estavam sentadas no chão, diante de um pequeno rádio a pilhas. Uma delas, muito jovem, amamentava um bebê. Nenhuma lhes prestou atenção. O homem do sorriso resplandecente arrastou uma cadeira. Fez sinal a Pequeno Soba para que se sentasse. Tirou um clipe do bolso e endireitou-o. Inclinou-se sobre as algemas. Introduziu o arame na fechadura, contou até três, e abriu-a. Gritou qualquer coisa em lingala. A mulher mais velha ergueu-se sem uma palavra e desapareceu no interior do apartamento. Regressou, minutos depois, com duas garrafas de Cuca. Uma voz irada vociferava na rádio:

— *É preciso encontrá-los, amarrá-los e fuzilá-los!*

O homem do sorriso resplandecente abanou a cabeça:

— Não foi para isto que fizemos a Independência. Não para que os angolanos se matassem uns aos outros como cães raivosos. — Suspirou. — Agora precisamos tratar-lhe dos ferimentos. A seguir, repouso. Temos um quarto a mais. Você ficará lá até passar a confusão.

— Pode levar muito tempo até a confusão passar.

— Vai passar, camarada. A maldade também precisa descansar.

A ANTENA REBELDE

Nos primeiros meses de isolamento, Ludo raramente dispensava a segurança do guarda-chuva para visitar o terraço. Mais tarde, passou a servir-se de uma comprida caixa de cartão, na qual recortara dois orifícios, à altura dos olhos, para espreitar, e outros dois, de lado, mais abaixo, para libertar os braços. Assim equipada, podia trabalhar nos canteiros, plantando, colhendo, cortando as ervas daninhas. Vez por outra, debruçava-se sobre o terraço, estudando, com rancor, a cidade submersa. Quem olhasse para o prédio, de um outro edifício com altura semelhante, veria um caixote movendo-se, debruçando-se, voltando a recolher-se.

Nuvens cercavam a cidade, como alforrecas.

A Ludo lembravam alforrecas.

As pessoas não veem nas nuvens o desenho que elas têm, que não é nenhum, ou que são todos, pois a cada momento se altera. Veem aquilo por que o seu coração anseia.

Não vos agrada a palavra coração?

Escolham outra: alma, inconsciente, fantasia, a que acharem melhor. Nenhuma será a palavra adequada.

Ludo contemplava as nuvens e via alforrecas.

Ganhara o hábito de falar sozinha, repetindo as mesmas palavras horas a fio: — Gorjeio. Pipilar. Revoada. Asa. Adejar. Gorjeio. Pipilar. Revoada. Asa. Adejar. Gorjeio. Pipilar. Revoada. Asa. Adejar. Gorjeio. Pipilar. Revoada. Asa. Adejar. Gorjeio. Pipilar. Revoada. Asa. Adejar. — Vocábulos bons, que se desfaziam como chocolate no céu da boca e lhe traziam à memória imagens felizes. Acreditava que ao dizê-las, ao evocá-las, regressassem aves aos céus de Luanda. Há anos que não via pombos, gaivotas, nem sequer algum pequeno passarinho despardalado. A noite trazia morcegos. O voo dos morcegos, porém, nada tem a ver com o das aves. Os morcegos, como as alforrecas, são seres sem substância. Vê-se um morcego a riscar a sombra e não se pensa nele como algo feito de carne, de sangue, de ossos concretos, de febre e sentimentos. Formas esquivas, rápidos fantasmas entre os escombros, estão ali, não estão mais. Ludo odiava morcegos. Os cães eram mais raros do que os pombos, e os gatos mais raros do que os cães. Os gatos foram os primeiros a desaparecer. Os cães resistiram nas ruas da cidade durante alguns anos. Matilhas de cães de raça. Galgos esgalgados, pesados mastins asmáticos, alegres dálmatas, nervosos perdigueiros, e depois, durante mais dois ou três anos, a improvável e deplorável mistura de tantos, e tão nobres *pedigrees*.

Ludo suspirou. Sentou-se de frente para a janela. Dali apenas conseguia ver o céu. Nuvens baixas, escuras, e um resto de azul quase vencido pela escuridão. Lembrou-se de Che Guevara. Costumava vê-lo, a deslizar pelas paredes, a correr pelos pátios e telhados, a procurar refúgio nos ramos mais altos da enorme mulemba. Vê-lo fazia-lhe bem. Eram seres próximos, ambos um equívoco, corpos estranhos no organismo exultante da cidade. As pessoas atiravam pedras ao macaco. Outras lançavam-lhe fruta envenenada. O animal esquivava-se. Cheirava a fruta e afastava-se com uma expressão de desgosto. Mudando ligeiramente de posição, Ludo podia contemplar as antenas parabólicas. Dezenas, centenas, milhares delas, cobrindo os telhados dos prédios, como fungos. Desde há muito tempo que as via voltadas para norte. Todas, exceto uma – a antena rebelde. Outro erro. Costumava pensar que não morreria enquanto a antena se mantivesse de costas para as companheiras. Enquanto Che Guevara sobrevivesse não morreria. Há mais de duas semanas, porém, que não avistava o macaco, e naquela madrugada, ao lançar um primeiro olhar sobre os telhados, dera com a antena voltada para norte — como as restantes. Uma escuridão densa e rumorosa, feita um rio, derramou-se sobre as vidraças. Subitamente um grande clarão iluminou tudo, e a mulher viu a própria sombra a ser atirada contra a parede. O trovão ribombou um segundo depois. Fechou os olhos. Se morresse ali, assim, naquele lúcido instante, enquanto lá fora o céu bailava, vitorioso e livre, isso seria bom. Decorreriam décadas antes que alguém a encontrasse. Pensou em Aveiro e compreendeu que deixara de se sentir portuguesa. Não pertencia a lado nenhum. Lá, onde nascera, fazia frio. Reviu as ruas estreitas, as pessoas caminhando, de cabeça baixa, contra o vento e o enfado. Ninguém a esperava.

Soube, antes de abrir os olhos, que o temporal se afastara. O céu clareara. Um raio de luz aquecia-lhe o rosto. Escutou, vindo do pátio, um gemido, um fraco queixume. Fantasma, estendido aos seus pés, ergueu-se num salto, atravessou correndo o apartamento, até à sala, subiu aos tropeções a escada em caracol e desapareceu. Ludo lançou-se atrás dele. O cão encurralara o macaco contra as bananeiras, e rosnava, ansioso, de cabeça baixa. Ludo agarrou-o pela coleira, firmemente, puxando-o para si. O pastor-alemão resistiu. Fez menção de a morder. A mulher socou-o no focinho, com a mão esquerda, uma e outra vez. Finalmente, Fantasma desistiu. Deixou-se arrastar. Prendeu-o na cozinha, fechando a porta, e regressou ao terraço. Che Guevara ainda lá estava, observando-a com claros olhos de assombro. Nunca vira em nenhum homem um olhar tão intensamente humano.Mostrava na perna direita um rasgão fundo, liso, que parecia ter sido aberto há instantes por um golpe de catana. O sangue misturava-se à água da chuva.

Ludo descascou uma banana, que trouxera da cozinha, e estendeu o braço. O macaco esticou o focinho. Sacudiu a cabeça, num gesto que podia ser de dor, ou de desconfiança. A mulher chamou-o numa voz doce:

— Vem, vem, pequenino. Vem que eu cuido de ti.

O animal avançou, arrastando a perna, chorando tristemente. Ludo soltou a banana e agarrou-lhe o pescoço. Com a mão esquerda tirou a faca da cintura e enterrou-a na carne magra. Che Guevara soltou um grito, libertou-se, com a lâmina espetada na barriga, e em dois grandes saltos alcançou o muro. Estacou ali, apoiado à parede, lamentando-se, sacudindo o sangue. A mulher sentou-se no chão, exausta, também ela chorando. Ficaram assim um longo tempo, os dois, olhando um para o outro, até que começou de novo a chover. Então Ludo ergueu-se, aproximou-se do macaco, soltou a faca e cortou-lhe o pescoço.

Pela manhã, enquanto salgava a carne, Ludo reparou que a antena rebelde estava de novo voltada para o Sul.

Essa, e mais três.

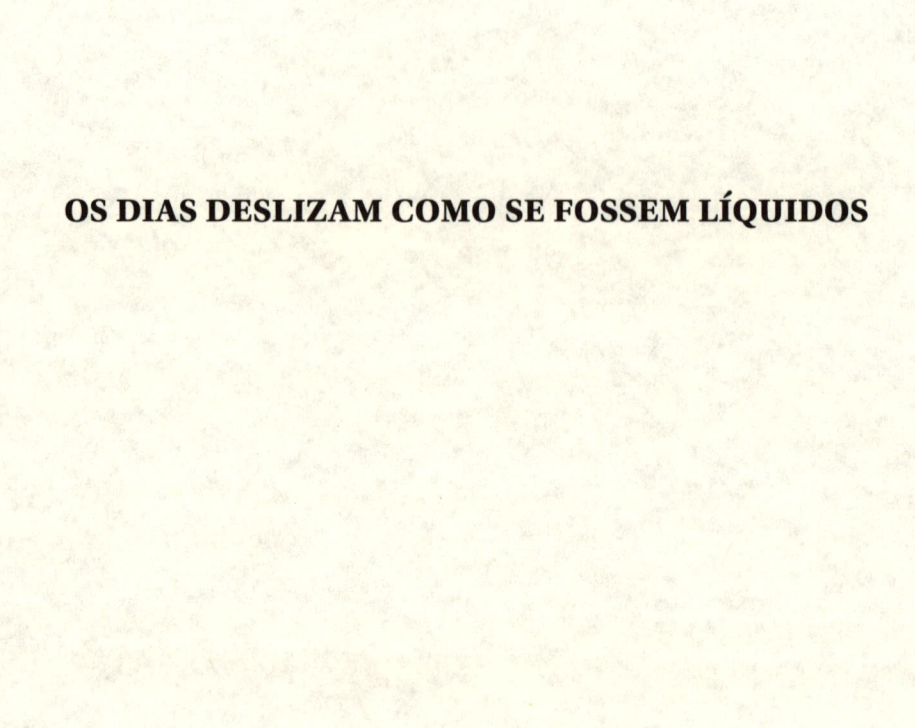

OS DIAS DESLIZAM COMO SE FOSSEM LÍQUIDOS

Os dias deslizam como se fossem líquidos. Não tenho mais cadernos onde escrever. Também não tenho mais canetas. Escrevo nas paredes, com pedaços de carvão, versos sucintos.

Poupo na comida, na água, no fogo e nos adjetivos.

Penso em Orlando. Odiei-o, ao princípio. Depois comecei a apreciá-lo. Ele podia ser muito sedutor. Um homem e duas mulheres sob o mesmo teto – conjunção perigosa.

HAIKAI

eu ostra cismo

cá com minhas pérolas

•

•

•

cacos no abismo

A SUTIL ARQUITETURA DO ACASO

O homem do sorriso resplandecente chamava-se Bienvenue Ambrosio Fortunato. Pouca gente o conhecia por tal nome. No final dos anos sessenta compôs um bolero intitulado "Papy Bolingô". O tema, interpretado por François Luambo Luanzo Makiadi, o grande Franco, obteve sucesso imediato, tocando dia e noite nas rádios de Kinshasa, e o jovem guitarrista ganhou um apelido que o acompanharia pela vida fora. Aos vinte e poucos anos, perseguido pelo regime do senhor Joseph-Désiré Mobutu, aliás Mobutu Sese Seko Nkuku Ngbendu wa Za Banga, Papy Bolingô exilou-se em Paris. Trabalhou primeiro como porteiro num clube noturno e, mais tarde, como guitarrista na orquestra de um circo. Foi em França, em contato com a pequena comunidade angolana, que redescobriu o país dos seus ancestrais. Assim que Angola se tornou independente, fez as malas e embarcou para Luanda. Atuava em casamentos e noutras festas privadas frequentadas por angolanos retornados do Zaire, e puros langas saudosos da pátria. O difícil pão de cada dia conquistava-o a trabalhar como sonoplasta na *Rádio Nacional*. Estava de serviço na manhã de 27 de maio, quando os revoltosos entraram no edifício. Assistiu, depois, à chegada dos soldados cubanos, os quais colocaram rapidamente ordem na casa, à bofetada e ao pontapé, retomando o controlo da emissão.

Ao sair, muito perturbado com os acontecimentos, viu um caminhão militar abalroar um carro. Correu para socorrer os ocupantes. Reconheceu imediatamente um dos feridos, um sujeito roliço, de braços fortes e curtos, que certa ocasião o interpelara na rádio. Reparou a seguir no jovem alto, magro como uma múmia, com os pulsos unidos por algemas. Não hesitou. Ajudou o jovem a erguer-se, cobriu-lhe as mãos com o casaco, e levou-o para o seu apartamento.

— Por que me ajudou?

Repetiu esta pergunta, vezes sem conta, durante os quatro anos em que esteve escondido no apartamento do sonoplasta. O amigo raramente respondia. Soltava uma ampla gargalhada de homem livre, abanava a cabeça, desviava a conversa. Um dia encarou-o com firmeza:

— O meu pai era padre. Foi um bom padre, e um excelente pai. Até hoje desconfio dos padres sem filhos. Como é possível ser padre, não sendo pai? O meu ensinou-nos a ajudar os fracos. Naquela ocasião, quando o vi estendido no passeio, você me pareceu bem fraquito. Além disso, reconheci um dos polícias, um oficial da segurança, que havia estado no meu serviço a interrogar pessoas. Não gosto de polícias do pensamento. Nunca gostei. Então fiz o que a minha consciência me ordenou.

Pequeno Soba permaneceu longos meses escondido. Após a morte do primeiro presidente, o regime ensaiou uma tímida abertura. Os presos políticos, não ligados à oposição armada, foram libertados. Alguns receberam convites para ocupar posições no aparelho do Estado. Ao sair para as ruas da capital, entre assustado e curioso, Pequeno Soba descobriu que quase toda a gente o julgava morto. Alguns amigos asseguravam mesmo ter assistido ao enterro. Certos companheiros de luta pareciam até um pouco desiludidos por o reencontrarem tão vivo. Madalena, essa, recebeu-o com alegria. Nos últimos anos criara uma organização não governamental, a Sopa de Pedra, apostada em melhorar a dieta das populações dos musseques luandenses. Percorria os bairros mais pobres da capital, ensinando as mamães a alimentarem os filhos, o melhor possível, com os magros recursos disponíveis.

— Pode-se comer melhor sem gastar mais — explicou a Pequeno Soba. — Tu e os teus amigos enchem a boca com palavras grandes, *Justiça Social, Liberdade, Revolução*, e entretanto as pessoas definham, adoecem, muitas morrem. Discursos não alimentam. O que o povo precisa é de legumes frescos e de um bom muzonguê, ao menos uma vez por semana. Só me interessam as revoluções que começam por sentar o povo à mesa.

O jovem entusiasmou-se. Passou a acompanhar a enfermeira, a troco de um ordenado simbólico, três refeições por dia, cama e roupa lavada. Entretanto, rolaram anos. Caíram muros. Veio a paz, realizaram-se eleições, a guerra regressou. O sistema socialista foi desmantelado, pelas mesmas pessoas que o haviam erguido, e o capitalismo ressurgiu das cinzas, mais feroz do que nunca. Sujeitos que, havia ainda poucos meses, bramiam em almoços de família, em festas, em comícios, em artigos nos jornais, contra a democracia burguesa, passeavam-se agora muito bem-vestidos, com roupas de marca, dentro de veículos refulgentes.

Pequeno Soba deixara alongar-se sobre o magro peito uma áspera barba de profeta. Continuava elegantíssimo, e, apesar da barba, mantinha um ar juvenil. Contudo, começara a andar levemente inclinado para a esquerda, como se o empurrasse, por dentro, um violento vendaval. Certa tarde, vendo desfilar os carros dos ricos, lembrou-se dos diamantes. Seguindo o conselho de Papy Bolingô, deslocou-se ao mercado Roque Santeiro. Levava um nome anotado num papel. Pensou, enquanto se deixava arrastar pela multidão, que seria impossível localizar alguém entre a imensidão do caos. Receou nunca mais conseguir sair. Estava enganado. O primeiro feirante a quem se dirigiu apontou-lhe uma direção. Um outro, metros adiante, confirmou-a. Decorridos quinze minutos detinha-se diante de uma barraca em cuja porta alguém pintara, em traços toscos, o busto de uma mulher, de longo pescoço, iluminado por um colar de diamantes. Bateu. Recebeu-o um homem delgado, vestido com casaco e calças cor-de-rosa, gravata e chapéu de um vermelho-vivo. Os sapatos, muito polidos, resplendeciam na penumbra. Pequeno Soba lembrou-se dos *sapeurs* que Papy Bolingô lhe apresentara, anos antes, durante uma breve visita a Kinshasa. *Sapeur* é o nome que se dá no Congo aos maníacos da moda. Sujeitos que se vestem com roupas caras e vistosas, gastando tudo o que têm, e o que não têm, para depois se passearem pelas ruas como modelos numa passarela.

Entrou. Viu uma secretária e duas cadeiras. Uma ventoinha, presa ao teto, agitava, em remadas lentas, o ar encharcado.

— Jaime Panguila — apresentou-se o *sapeur*, convidando-o a sentar-se.

Panguila interessou-se pelas pedras. Observou-as primeiro à luz de um candeeiro. A seguir, aproximou-se da janela, descerrou a cortina, e estudou-as, rodando-as entre os dedos, sob os duros raios de um sol quase a pique. Por fim, sentou-se.

— As pedras, embora pequenas, são boas, muito puras. Nem quero saber como as conseguiu. Arrisco-me a ter problemas ao tentar comercializá-las. Não lhe posso oferecer mais de sete mil dólares.

Recusou. Panguila duplicou a oferta. Tirou um maço de notas de uma das gavetas, colocou-as dentro de uma caixa de sapatos, e empurrou-a na direção do outro.

Pequeno Soba foi sentar-se num bar próximo, com a caixa de sapatos pousada na mesa, a pensar no que faria com o dinheiro. Reparou no símbolo da cerveja, a silhueta de um pássaro de asas abertas, e lembrou-se do pombo. Continuava a guardar o tubo de plástico, no qual ainda se conseguia ler, embora a custo:

Amanhã. Seis horas, lugar habitual. Muito cuidado. Amo-te.

Quem escrevera aquilo?

Talvez um alto funcionário da *Diamang*. Imaginou um homem de rosto severo, a rabiscar a mensagem, a colocar o bilhete no cilindro de plástico e a prendê-lo depois à pata do pombo. Imaginou-o a enfiar os diamantes no bico da ave, primeiro um, a seguir o outro, a soltá-la, e esta a voar, de uma vivenda entalada entre altas e frondosas mangueiras, no Dundo, até aos perigosíssimos céus da capital. Imaginou-a sobrevoando as florestas escuras, os rios atônitos, os múltiplos exércitos em confronto.

Ergueu-se, sorridente. Já sabia o que fazer com o dinheiro. Nos meses que se seguiram criou e estruturou uma pequena empresa de entrega de encomendas, a que chamou *Pombo-Correio*. Agradava-lhe a coincidência da palavra pombo ter, em quimbundo, o significado de mensageiro. O negócio prosperou, e a esse juntaram-se novos projetos. Investiu em áreas diversas, da hotelaria ao imobiliário, sempre com sucesso.

Uma tarde de domingo, era dezembro, o ar resplandecia, encontrou-se com Papy Bolingô no Rialto. Mandaram vir cerveja. Conversaram sem urgência, malembelembe, estendidos no langor da tarde como numa rede.

— A vida, Papy?

— Vai-nos vivendo.

— E você, sempre cantando?

— Pouco, meu irmão. Não tenho atuado. Fofo anda esquisito.

Papy Bolingô fora despedido da *Rádio Nacional*. Vinha sobrevivendo, muito a custo, tocando em festas. Um dos primos, guia de caçadores, trouxe-lhe do Congo um hipopótamo-anão. O guia encontrara o animal na floresta, ainda bebê, vigiando, desesperado, o cadáver da mãe. O guitarrista levou o animal para o apartamento. Alimentou-o a biberão. Ensinou-o a dançar rumba zairense. Fofo, o hipopótamo, passou a acompanhá-lo em espetáculos montados em pequenos bares da periferia de Luanda. Pequeno Soba assistira ao *show*, em diversas ocasiões, e saíra sempre muito impressionado. O problema é que o hipopótamo vinha crescendo demais. Os hipopótamos-anões, ou hipopótamos-pigmeus (*Choeropsis liberiensis*), parecem pequenos em comparação com os seus parentes mais conhecidos, mas, já adultos, podem alcançar o volume de um porco grande. No prédio cresciam os protestos dos vizinhos. Muitos possuíam cães. Alguns insistiam em criar galinhas nas varandas, cabras, eventualmente porcos. Nenhum tinha hipopótamos. Um hipopótamo, ainda que artista, assustava os moradores. Alguns, ao vê-lo na varanda, atiravam-lhe pedras.

Pequeno Soba compreendeu que chegara a altura de ajudar o amigo.

— Quanto quer pelo apartamento? Eu preciso de um bom apartamento, no coração da capital. Você precisa de uma quinta, um espaço grande, para criar o hipopótamo.

Papy Bolingô hesitou:

— Estou há tantos anos nesse apartamento. Acho que lhe ganhei afeto.

— Quinhentos mil?

— Quinhentos mil? Quinhentos mil do quê?

— Eu lhe dou quinhentos mil dólares pelo apartamento. Com esse dinheiro você compra uma boa quinta.

Papy Bolingô riu-se, divertido. Depois reparou no rosto sério do amigo e interrompeu a gargalhada. Endireitou-se:

— Pensei que fosse brincadeira. Você tem quinhentos mil dólares?

— Isso e alguns milhões mais. Muitos milhões. Não estou a fazer nenhum favor, acho um excelente investimento. O vosso prédio está bastante degradado, mas com uma boa pintura, e elevadores novos, recupera o charme do tempo do colono. Daqui a pouco vão começar a aparecer compradores. Generais. Ministros. Gente com muito mais dinheiro do que eu. Vão dar uns trocos para as pessoas saírem. Os que não saírem a bem, terão de sair a mal.

Foi assim que Pequeno Soba ficou com o apartamento de Papy Bolingô.

A CEGUEIRA
(E OS OLHOS DO CORAÇÃO)

Venho perdendo a vista. Fecho o olho direito e já só enxergo sombras. Tudo me confunde. Caminho agarrada às paredes. Leio com esforço, e apenas sob a luz do sol, servindo-me de lupas cada vez mais fortes. Releio os últimos livros, os que me recuso a queimar. Andei queimando as belas vozes que me acompanharam ao longo de todos estes anos.

Às vezes penso: enlouqueci.

Vi, do terraço, um hipopótamo dançando na varanda do andar ao lado. Ilusão, bem sei, mas ainda assim vi-o. Pode ser fome. Tenho-me alimentado muito mal.

A fraqueza, a vista que se esvai, isso faz com que tropece nas letras, enquanto leio. Leio páginas tantas vezes lidas, mas elas são já outras. Erro, ao ler, e no erro, por vezes, encontro incríveis acertos. No erro me encontro muito.

Algumas páginas são melhoradas pelo equívoco.

Um fulgor de pirilampos, pirilampeja pelos quartos. Movo-me, como uma medusa, nessa bruma iluminada. Afundo-me nos meus próprios sonhos. Talvez a isto se possa chamar morrer.

Fui feliz nesta casa, certas tardes em que o sol me visitava na cozinha. Sentava-me à mesa. Fantasma vinha e pousava a cabeça no meu regaço.

Se ainda tivesse espaço, carvão, e paredes disponíveis, poderia escrever uma teoria geral do esquecimento.

Dou-me conta de que transformei o apartamento inteiro num imenso livro. Depois de queimar a biblioteca, depois de eu morrer, ficará só a minha voz.

Nesta casa todas as paredes têm a minha boca.

: **O COLECIONADOR DE DESAPARECIMENTOS**

Entre 1997 e 1998, desapareceram nos céus de Angola cinco aviões, com um total de vinte e três tripulantes, originários da Bielorrússia, Rússia, Moldávia e Ucrânia. Em 25 de maio de 2003, um Boeing 727, propriedade da American Airlines, desencaminhou-se do aeroporto de Luanda e nunca mais foi visto. O aparelho estava há catorze meses sem voar.

Daniel Benchimol coleciona histórias de desaparecimentos em Angola. Todo o tipo de desaparecimentos, embora prefira os aéreos. É sempre mais interessante ser arrebatado pelos céus, como Jesus Cristo ou a sua mãe, do que engolido pela terra. Isto, claro, se não nos estivermos a servir de uma linguagem metafórica. Pessoas ou objetos literalmente engolidos pela terra, como parece ter acontecido com o escritor francês Simon-Pierre Mulamba, são, contudo, casos muito raros.

O jornalista classifica os desaparecimentos recorrendo a uma escala de zero a dez. Os cinco aviões desaparecidos nos céus de Angola, por exemplo, foram classificados por Benchimol como desaparecimentos de grau oito. O Boeing 727, como desaparecimento de grau nove; Simon-Pierre Mulamba também.

Mulamba desembarcou em Luanda a 20 de abril de 2003, a convite da Alliance Française, para uma conferência sobre a vida e a obra de Léopold Sédar Senghor. Alto, distinto, sempre com um belíssimo chapéu de feltro, que usava levemente descaído para o lado direito, numa estudada indiferença. Simon-Pierre gostou de Luanda. Aquela era a primeira vez que visitava África. O pai, professor de danças latinas, natural de Ponta Negra, falara-lhe do calor, da humidade, da ameaça das mulheres, mas não o preparara para aquele excesso de vida, o carrossel de emoções, o embriagante tropel de sons e de cheiros. Na segunda noite, logo após a palestra, o escritor aceitou o convite de Elizabela Montez, uma jovem estudante de arquitetura, para tomar um copo num dos mais elegantes bares da Ilha. A terceira noite atravessou-a a dançar mornas e coladeras num quintal de cabo-verdianos, na Chicala, acompanhado por duas amigas de Elizabela. Na quarta noite desapareceu. O adido cultural francês, que combinara almoçar com ele, foi procurá-lo ao *lodge* onde o haviam hospedado, um lugar muito bonito, perto da Barra do Quanza. Ninguém o vira. O celular não respondia. No quarto, a cama permanecia por abrir, os lençóis esticados, um chocolate pousado na almofada.

Daniel Benchimol soube do desaparecimento do escritor antes da polícia. Bastaram-lhe dois telefonemas para ficar a conhecer, com larga soma de detalhes, onde e com quem Simon-Pierre passara as primeiras noites. Mais duas chamadas e descobriu que o francês fora visto a sair, às cinco da madrugada, de uma discoteca, no Quinaxixe, frequentada por expatriados europeus, catorzinhas, e poetas com mais sede do que inspiração. Nessa noite, deslocou-se à discoteca. Homens gordos, suados, bebiam em silêncio. Outros, em mesas escuras, afagavam os joelhos nus de meninas muito novas. Uma das garotas chamou-lhe a atenção porque trazia na cabeça um chapéu de feltro, negro, com uma fina tira vermelha. Ia para se dirigir a ela quando um sujeito loiro, de cabelo comprido, apanhado num rabo de cavalo, o travou por um braço:

— A Queenie está comigo.

Daniel sossegou-o:

— Tranquilo. Só quero fazer-lhe uma pergunta.

— Não gostamos de jornalistas. O senhor é jornalista?

— Tem dias, amigo. Mas sinto-me mais judeu.

O outro largou-o, perplexo. Daniel cumprimentou Queenie:

— Boa noite. Queria apenas saber onde arranjou o chapéu.

A garota sorriu:

— Um mulato francês que esteve aqui ontem, ele o perdeu.

— Perdeu o chapéu?

— Ou o contrário, o mulato se perdeu. O chapéu me encontrou.

Explicou que, na noite anterior, um grupo de meninos, desses que moram na rua, vira o francês sair da discoteca. Detivera-se uns metros adiante, nas traseiras de um prédio, para urinar, e então a terra engolira-o. Só ficara o chapéu.

— A terra engoliu-o?

— É o que estão dizendo, kota. Podem ser areias movediças, pode ser feitiço, não sei. Os meninos puxaram o chapéu com um pau. Eu comprei-lhes o chapéu. Agora é meu.

Daniel saiu da discoteca. Dois meninos viam televisão, sentados no passeio, diante da montra de uma loja. O som da televisão não chegava ao exterior, de forma que os dois improvisavam os diálogos dos sucessivos atores. O jornalista já vira aquele filme. Os novos diálogos, porém, transformavam por completo o enredo. Ficou alguns minutos, divertido, a assistir ao espetáculo. Aproveitou o intervalo para se dirigir aos garotos:

— Disseram-me que um sujeito, um francês, desapareceu aqui perto, ontem à noite. Consta que foi engolido pela terra.

— Sim — confirmou uma das crianças. — Essas coisas acontecem.

— Vocês viram?

— Não. Mas Baiacu viu.

Daniel interrogou outros meninos, nos dias seguintes, e todos conversavam sobre o triste fim de Simon-Pierre como se o houvessem testemunhado. Depois, apertados, reconheciam não ter estado lá. O certo é que nunca mais ninguém viu o escritor francês. A polícia arquivou o caso.

Na Escala de Benchimol há apenas um desaparecimento de grau dez. O próprio jornalista testemunhou esse incrível extravio. A 28 de abril de 1988, o *Jornal de Angola*, para o qual Daniel trabalhava, enviou-o, na companhia de um fotógrafo, o famoso Kota Kodak, o KK, a uma pequena localidade chamada Nova Esperança, onde teriam sido assassinadas vinte e cinco mulheres, suspeitas de feitiçaria. Os dois repórteres desembarcaram de um avião comercial, no aeroporto do Huambo. Um motorista aguardava-os para os conduzir a Nova Esperança. Uma vez lá, Daniel conversou com o soba e vários populares. KK fez os retratos. Anoitecia quando regressaram ao Huambo. Deveriam ter retornado a Nova Esperança na manhã seguinte, num helicóptero da Força Aérea. O piloto, porém, mostrou-se incapaz de localizar a aldeia:

— Estranho — confessou, inquieto, após duas horas a cirandar pelos céus. — Não existe nada nessas coordenadas. Lá em baixo só tem capim.

Daniel irritou-se com a inépcia do jovem. Voltou a contratar o motorista que primeiro os havia conduzido. KK recusou-se a acompanhá-los:

— Não há nada para fotografar. Não se fotografam ausências.

Andaram às voltas, no carro, revisitando as mesmas paisagens, como num sonho, durante o infinito tempo dos sonhos, até que também o motorista confessou o desconcerto:

— Estamos perdidos!

— Estamos? Quem se perdeu foi você!

O homem encarou-o enraivecido, como se o achasse responsável pelo delírio do mundo:

— Esses caminhos estão mas é muito bêbados. — Dava grandes socos no volante: — Acho que sofremos um acidente geográfico!

Subitamente aconteceu uma curva e emergiram daquele erro, ou daquela ilusão, estonteados e trêmulos. Não encontraram Nova Esperança. Todavia, uma placa devolveu-os à estrada, e esta, ao Huambo. KK aguardava-o no hotel, braços cruzados sobre o peito magro, rosto fechado:

— Más notícias, companheiro. Revelei os rolos e estão queimados. Só nos dão material de merda. Cada dia fica pior.

No jornal ninguém pareceu perturbado com a notícia de que Nova Esperança desaparecera. O chefe de redação, Marcelino Assumpção da Boa Morte, soltou uma gargalhada:

— O quimbo desapareceu?! Neste país tudo desaparece. Talvez o país inteiro esteja em vias de desaparecimento, uma aldeia aqui, outra acolá, quando dermos por isso não existe nada.

Em 2003, poucas semanas após o misterioso desaparecimento do escritor francês Simon-Pierre Mulamba, ao qual os jornais angolanos deram certo destaque, Marcelino Assumpção da Boa Morte chamou Daniel ao seu gabinete. Estendeu-lhe um envelope azul:

— Tenho uma coisa para você, que coleciona desaparecimentos. Leia isto. Veja se dá matéria.

A CARTA

Exmo. Sr. Diretor do Jornal de Angola,

    Chamo-me Maria da Piedade Lourenço Dias e sou psicóloga clínica. Há cerca de dois anos descobri uma verdade terrível: fui adotada. A minha mãe biológica entregou-me para adoção logo após o parto. Perplexa, decidi investigar as razões de tal ato. Ludovica Fernandes Mano, que é como se chama a minha mãe biológica, foi brutalmente violada por um desconhecido, no verão de 1955, e engravidou. Desde esse trágico acontecimento viveu sempre em casa de uma irmã mais velha, Odete, a qual se casou, em 1973, com um engenheiro de minas, radicado em Luanda, chamado Orlando Pereira dos Santos.
    Não regressaram a Portugal após a Independência de Angola. O consulado de Portugal em Luanda também não guarda registo de nenhum deles. Atrevo-me a escrever-lhe para saber se o seu jornal poderia, de alguma forma, ajudar-me a encontrar Ludovica Fernandes Mano.
    Atenciosamente,

    Maria da Piedade Lourenço

A MORTE DE FANTASMA

Fantasma morreu durante o sono. Nas últimas semanas comia pouco. Verdade seja dita, nunca comera muito – não havia muito para comer – e talvez isso explique o fato de ter vivido tantos anos. Experiências em laboratório demonstraram que a expetativa de vida de ratinhos sujeitos a uma baixa dieta calórica aumenta muito.

Ludo acordou, e o cão estava morto.

A mulher sentou-se no colchão, frente à janela aberta. Abraçou os joelhos magros. Ergueu os olhos para o céu, onde, pouco a pouco, se iam desenhando leves nuvens cor-de-rosa. Galinhas cacarejavam no terraço. Um choro de criança subia do andar inferior. Ludo sentiu o peito esvaziar-se. Alguma coisa — uma substância escura — escapava de dentro dela, como água de um recipiente estalado, e deslizava depois pelo cimento frio. Perdera o único ser no mundo que a amava, o único que ela amava, e não tinha lágrimas para o chorar.

Ergueu-se, escolheu um pedaço de carvão, afiou-o, e atacou uma das paredes, ainda limpas, no quarto das visitas.

Fantasma morreu esta noite. Tudo é agora tão inútil. O olhar
dele me acarinhava, me explicava e me sustinha.

Subiu ao terraço sem o amparo da velha caixa de papelão. O dia expandia-se, num bocejo morno. Talvez fosse domingo. As ruas estavam quase desertas. Viu passar um grupo de mulheres vestidas de um branco imaculado. Uma delas, ao avistá-la, ergueu a mão direita, numa saudação feliz.

Ludo recuou.

Podia saltar, pensou. Avançaria. Subiria ao parapeito, tão simples. As mulheres, lá em baixo, vê-la-iam um instante, sombra levíssima, a adejar e a cair. Recuou, foi recuando, acuada pelo azul, pela imensidão, pela certeza de que continuaria a viver, mesmo sem nada que desse sentido à vida.

A morte gira ao meu redor, mostra os dentes, rosna. Ajoelho-me e ofereço-lhe a garganta nua. Vem, vem, vem agora, amiga. Morde. Deixa-me partir. Ah, hoje vieste e esqueceste-te de mim. –
A noite. É outra vez noite.
Tenho contado mais noites do que dias. As noites, pois, e o clamor dos sapos. Abro a janela e vejo a lagoa.
A noite desdobrada em duas. Chove, tudo transborda.
De noite, é como se a escuridão cantasse.
A noite subindo e ondulando, devorando os prédios. Penso, outra vez, naquela mulher a quem devolvi o pombo. Alta, de ossos salientes, com o leve desdém com que as mulheres muito bonitas circulam pela realidade. Passeia no Rio de Janeiro, pela orla da Lagoa (vi fotografias, encontrei na biblioteca vários álbuns sobre o Brasil). Ciclistas cruzam-se com ela. Os que nela demoram o olhar nunca mais regressam. A mulher chama-se Sara, eu chamo-lhe Sara.
Parece saída de uma tela de Modigliani.

**SOBRE DEUS E OUTROS
MINÚSCULOS DESVARIOS**

Parece-me mais fácil ter fé em Deus, não obstante ser algo tão para além da nossa limitadíssima compreensão, do que na arrogante humanidade. Durante muitos anos, afirmei-me crente por pura preguiça. Ser-me-ia difícil explicar a Odete, a todos os outros, a minha descrença. Também não acreditava nos homens, mas isso as pessoas aceitam com facilidade. Compreendi ao longo dos últimos anos que, para acreditar em Deus, é forçoso confiar na humanidade. Não existe Deus sem humanidade.

Continuo a não acreditar, nem em Deus, nem na humanidade. Desde que Fantasma morreu cultuo o espírito d'Ele. Converso com Ele. Julgo que me escuta. Acredito nisso não por um esforço da imaginação, muito menos da inteligência, mas por empenho de uma outra faculdade, a que podemos chamar desrazão.

Converso comigo mesma?

Pode ser. Como, aliás, os santos, aqueles que se vangloriavam de conversar com Deus. Eu sou menos arrogante. Converso comigo, julgando conversar com a alma doce de um cão. Em todo o caso são conversas que me fazem bem.

EXORCISMO

lavro versos curtos
como orações

palavras são legiões de demônios expulsos

corto advérbios pronomes

poupo os pulsos.

O DIA EM QUE LUDO SALVOU LUANDA

Na parede da sala de visitas estava pendurada uma aguarela representando um grupo de mucubais a dançar. Ludo conhecera o artista, Albano Neves e Sousa, um tipo brincalhão, divertido, velho amigo do cunhado. Ao princípio, odiou o quadro. Via nele um resumo de tudo o que a horrorizava em Angola: selvagens celebrando algo – uma alegria, um augúrio feliz – que lhe era alheio. Depois, pouco a pouco, ao longo dos compridos meses de silêncio e de solidão, começou a ganhar afeto por aquelas figuras que se moviam, em redor de uma fogueira, como se a vida merecesse tanta elegância.

Queimou as mobílias, queimou milhares de livros, queimou todas as telas. Foi só quando se viu desesperada que retirou os mucubais da parede. Ia para arrancar o prego, apenas por uma questão de estética, porque lhe parecia mal ali, sem serventia, quando lhe ocorreu que talvez aquilo, aquele pedaço de metal, segurasse a parede. Talvez sustentasse todo o edifício. Quem sabe, arrancando o prego da parede, ruísse a cidade inteira.

Não arrancou o prego.

APARIÇÕES, E UMA QUEDA
QUASE MORTAL

Novembro passou sem nuvens. Dezembro também. Chegou fevereiro e o ar estalava de sede. Ludo viu a lagoa secar. Primeiro escureceu, depois o capim ficou dourado, quase branco, e as noites perderam a algazarra das rãs. A mulher contou as garrafas de água. Sobravam poucas. As galinhas, às quais deu de beber o barro da piscina, adoeceram. Morreram todas. Ainda restava milho e feijão, mas para cozinhá-los era necessária muita água, e tinha de a poupar.

Voltou a sofrer com fome. Ergueu-se certa madrugada, sacudindo pesadelos, entrou cambaleante na cozinha, e viu um pão sobre a mesa:

— Um pão!

Segurou-o, incrédula, com ambas as mãos.

Cheirou-o.

O perfume do pão devolveu-a à infância. A irmã e ela, na praia, dividindo um pão com manteiga. Mordeu a massa. Só deu conta de que chorava quando terminou de comer. Sentou-se, trémula.

Quem lhe trouxera aquele pão?

Talvez alguém o tivesse lançado pela janela. Imaginou um jovem de ombros largos atirando um pão para o céu. O pão desenhando uma curva lenta até cair na sua mesa. A pessoa em causa poderia ter atirado o pão para o céu, a partir da lagoa, agora quase seca, como parte de algum misterioso ritual destinado a atrair as chuvas. Um quimbandeiro, campeão de lançamento de pães, pois a distância era considerável. Nessa noite adormeceu cedo. Sonhou que um anjo vinha visitá-la.

Ao amanhecer encontrou, sobre a mesa da cozinha, seis pães, uma lata de goiabada e uma garrafa grande de Coca-Cola. Ludo sentou-se, o coração a galope. Alguém entrava e saía de sua casa. Levantou-se. Nos últimos meses via cada vez pior. A partir de certa hora, mal a luz declinava, movia-se por intuição. Subiu ao terraço. Correu até à fachada direita do prédio, voltada para um outro edifício, situado a escassos metros, e a única que não tinha janelas. Debruçou-se e viu os andaimes, cercando o prédio vizinho, encostados ao seu. O invasor entrara por ali. Desceu as escadas. Fosse pelo nervosismo, fosse pela pouca luz, o certo é que lhe faltou a intuição, faltou-lhe um degrau, e tombou desamparada. Desmaiou. Compreendeu, mal recuperou os sentidos, que fraturara o fêmur esquerdo. *Então vai ser assim*, pensou. *Morrerei vítima não de uma misteriosa maleita africana, não de fastio ou de cansaço, não assassinada por um ladrão, não porque o céu me caiu em cima, mas tramada por uma das mais famosas leis da física: dados dois corpos de massa m_1 e m_2, a uma distância r entre si, esses dois corpos atraem-se mutuamente com uma força proporcional à massa de cada um deles e inversamente proporcional ao quadrado da distância que os separa.* Salvara-lhe a escassez de massa. Com vinte quilos a mais o impacto teria sido devastador. A dor galgava a perna, paralisando-lhe o lado esquerdo do tronco, e impedindo-a de pensar com clareza. Permaneceu imóvel muito tempo, enquanto a noite se contorcia, lá fora, como uma jiboia, asfixiando, nas ruas e nas praças, as acácias acossadas. A dor latia, a dor mordia. Sentia a boca seca. Tentou cuspir a língua, porque era como se não lhe pertencesse, um pedaço de cortiça entalado na garganta.

Pensou na garrafa de Coca-Cola. Nas garrafas de água que guardava na despensa. Precisaria de arrastar-se uns quinze metros. Esticou os braços, agarrou-se ao cimento, ergueu o tronco. Foi como se lhe cortassem a perna com a lâmina de um machado. Uivou. Assustou-a o próprio uivo.

— Acordei o prédio inteiro — murmurou.

Acordou Pequeno Soba, no apartamento ao lado. O empresário sonhava com a Kianda. Havia várias noites que o sonho se repetia. Ele saía para a varanda, a meio da noite, e via uma luz refulgindo na lagoa. A luz ganhava volume, um arco-íris redondo e musical, e, enquanto isso, o empresário sentia o corpo perder peso. Acordava no instante em que a luz ascendia ao seu encontro. Daquela vez acordou antes, porque a luz gritou, ou a ele lhe pareceu que a luz gritava, numa súbita explosão de lodo e de rãs. Sentou-se na cama, asfixiado, o coração aos saltos. Lembrou-se do tempo em que permanecera enclausurado naquele mesmo quarto. Por vezes, escutava o latido de um cão. Escutava a remota voz de uma mulher entoando canções antigas.

— O prédio está assombrado — assegurou-lhe Papy Bolingô. — Tem esse cão que ladra, mas nunca ninguém viu, tipo fantasma. Dizem que atravessa paredes. Você precisa ter cuidado enquanto dorme. O cão atravessa as paredes, vem ladrando, au au au, mas você não vê nada, só escuta os latidos dele, e então se instala nos seus sonhos. Você passa a ter sonhos muitíssimo ladrados. Um residente, no andar inferior, um jovem artesão, chamado Eustákio, acordou uma manhã e não era mais capaz de falar. Só ladrava. Lhe levaram num médico tradicional, bastante afamado, que demorou cinco dias para extrair o espírito do cão, e os seus latidos, da cabeça de Eustákio.

Pequeno Soba estranhava a arquitetura do prédio. Fazia-lhe confusão a parede, interrompendo o corredor, situação que não ocorria nos restantes andares. Deveria haver mais um apartamento naquele piso – mas onde estava?

Entretanto, a poucos metros dali, do outro lado da parede, Ludo esforçava-se por avançar em direção à cozinha. A cada centímetro, sentia-se mais longe de si mesma. A primeira luz da manhã encontrou-a ainda na sala de estar, a uns dois metros da porta. Ardia em febre. A sede perturbava-a mais do que as dores. Por volta das duas da tarde alcançou a porta. Desfaleceu. Despertou e viu, vagamente, um rosto à sua frente. Levou a mão aos olhos, esfregou-os. O rosto continuava lá. Um menino, parecia-lhe o rosto de um menino, com dois grandes olhos espantados:

— Quem és tu?

— Me chamo Sabalu.

— Entraste pelos andaimes?

— Sim, escalei os andaimes. Colocaram andaimes no prédio do lado. Estão a pintá-lo. Os andaimes chegam quase ao teu terraço. Depois empilhei uns caixotes no último andaime e subi. Foi fácil. Caíste, tu?

— Quantos anos tens?

— Sete. Estás a morrer?

— Não sei. Cheguei a pensar que já estava morta. Água. Vai-me buscar água.

— Tens dinheiro?

— Sim, dou-te o dinheiro todo mas vai-me buscar água.

O garoto ergueu-se. Lançou um olhar em redor:

— Não há quase nada aqui. Nem móveis. Pareces mais pobre do que eu. Onde tens o dinheiro?

— Água!

— Ya, avó, fica só calma, eu vou-te buscar uma gasosa.

Trouxe da cozinha a garrafa de Coca-Cola. Ludo bebeu pelo gargalo, com sofreguidão. Impressionou-a a doçura. Há anos que não sentia o sabor do açúcar. Disse ao menino que fosse ao escritório procurar uma bolsa, onde guardava o dinheiro. Sabalu retornou, rindo muito, enquanto espalhava em redor maços de notas.

— Isto já não é dinheiro, avó, não vale nada.

— Tenho talheres de prata. Leva os talheres de prata.

O menino riu:

— Já levei, nem deste conta?

— Não. Foste tu quem trouxe o pão, ontem?

— Anteontem. Não queres telefonar a um médico?

— Não, não quero!

— Posso chamar um vizinho. Deves ter vizinhos.

— Não, não! Não chames ninguém.
— Não gostas de pessoas? Eu também não gosto de pessoas.
Ludo começou a chorar:
— Vai-te embora. Vai-te embora.
Sabalu ergueu-se:
— Onde é a porta de saída?
— Não há porta de saída. Sai por onde entraste.
Sabalu colocou a mochila às costas e desapareceu. Ludo respirou fundo. Encostou-se à parede. A dor serenara. Talvez devesse ter deixado o menino chamar um médico. Pensou então que com o médico viria a polícia, viriam jornalistas, e ela guardava um esqueleto no terraço. Preferia morrer ali, prisioneira, porém livre, como vivera nos últimos trinta anos.

Livre?

Muitas vezes, olhando para as multidões que se encarniçavam de encontro ao prédio, aquele vasto clamor de buzinas e apitos, gritos e súplicas e pragas, experimentava um terror profundo, um sentimento de cerco e ameaça. Sempre que queria sair procurava um título na biblioteca. Sentira, enquanto ia queimando os livros, depois de ter feito arder todos os móveis, as portas, os tacos do soalho, que perdia liberdade. Era como se estivesse ateando fogo ao planeta. Ao queimar Jorge Amado deixara de poder revisitar Ilhéus e São Salvador. Queimando *Ulisses*, de Joyce, perdera Dublin. Desfazendo-se de *Três tristes tigres* vira arder a velha Havana. Restavam menos de cem livros. Mantinha-os mais por teimosia do que para lhes dar uso. Via tão mal que mesmo com o auxílio de uma enorme lupa, mesmo colocando o livro em pleno sol, suando como se estivesse numa sauna, levava uma tarde inteira para decifrar uma página. Nos últimos meses começara a escrever as frases preferidas dos livros que lhe restavam, em letras enormes, nas paredes ainda livres do apartamento. *Não tarda muito, pensou, e estarei realmente aprisionada. Não quero viver numa prisão.* Adormeceu. Despertou-a uma leve gargalhada. O menino estava de novo à sua frente, uma silhueta esguia, recortada contra o tumultuoso lume do poente.

— O que foi agora? Já levaste os talheres. Não tenho mais nada.

Sabalu voltou a rir:

— Chê, avó! Pensei que tinhas morrido.

Pousou a mochila aos pés da senhora:

— Comprei medicamentos. Um monte deles. Vão-te ajudar. — Sentou-se no chão. — Também comprei mais Coca-Cola. E comida, frango no churrasco. Tens fome?

Comeram ali mesmo, repartindo o pão e pedaços de frango. Sabalu mostrou-lhe os medicamentos que trouxera: analgésicos, anti-inflamatórios.

— Fui no Roque Santeiro. Falei com um tio. Disse-lhe, o meu pai bateu na minha mãe, partiu-lhe um braço, e ela tem vergonha de ir ao médico. Então ele vendeu-me isto tudo. Paguei com o dinheiro dos talheres. Sobrou muito. Posso dormir em tua casa?

Sabalu ajudou a velha senhora a erguer-se, levou-a até ao quarto e deitou-a no colchão. Estendeu-se ao lado dela e adormeceu. Na manhã seguinte, foi ao mercado e regressou carregado de legumes, vegetais, fósforos, sal, temperos vários e dois quilos de carne de vaca. Trouxe também um fogão portátil, desses para campismo, com uma pequena botija de gás butano. Ele mesmo cozinhou, no chão do quarto, seguindo as instruções de Ludo. Comeram ambos com vontade. Depois o menino lavou os pratos e arrumou a louça. Cirandou pela casa, curioso.

— Tens muitos livros, tu.

— Muitos livros? Sim, tive muitos livros. Agora são poucos.

— Nunca vi tantos.

— Sabes ler?

— Arrumo mal as letras. Só estudei a primeira classe.

— Queres que te ensine? Ensino-te a ler e depois tu lês para mim.

Sabalu aprendeu a ler enquanto Ludo convalescia. A velha senhora ensinou-o também a jogar xadrez. O garoto tomou o gosto ao tabuleiro. Enquanto jogava falava-lhe da vida, lá fora. Para a mulher era como ter um extraterrestre revelando-lhe os mistérios de um planeta remoto. Uma tarde, Sabalu descobriu que estavam a desmontar os andaimes.

— E agora, como vou sair?

Ludo afligiu-se:

— Não sei!

— Afinal, como é que entraste aqui?

— Não entrei. Sempre vivi nesta casa.

O garoto olhou-a perplexo. Ludo capitulou. Levou-o à porta de entrada. Abriu-a e mostrou-lhe a parede que ela mesma erguera, trinta anos antes, separando o apartamento do resto do edifício.

— Do outro lado dessa parede fica o mundo.

— Posso partir a parede?

— Podes, mas eu tenho medo. Tenho muito medo.

— Não tenhas medo, avó. Eu te protejo.

O rapaz foi buscar uma picareta e, com meia dúzia de violentas pancadas, abriu um buraco na parede. Ao espreitar, viu, do outro lado, o rosto estarrecido de Pequeno Soba:

— Quem és tu?

Sabalu alargou o buraco com mais duas pancadas. Apresentou-se:

— Me chamo Sabalu Estevão Capitango, mais-velho. Estou no serviço de partir esta parede.

O empresário sacudiu a caliça do casaco. Afastou-se dois passos:

— Caramba! De que planeta vens tu?

O menino poderia ter-se servido da genial réplica de Elza Soares, no início de carreira, aos treze anos, magérrima, malvestida, quando Ary Barroso lhe colocou idêntica pergunta (lá atrás, a plateia ria de troça. Em casa, um dos filhos agonizava): *Vim do Planeta Fome*. Sabalu, porém, nunca ouvira falar em Elza Soares, tão-pouco em Ary Barroso, de forma que encolheu os ombros e respondeu sorrindo:

— A gente mora aqui.

— A gente?

— Eu e a minha avó.

— Moram aí? Tem um apartamento desse lado?

— Tem sim.

— Moram aí desde quando?

— Desde sempre.

— Ah sim? E saíam como?

— A gente não saía. Apenas morava. Agora, sim, vamos começar a sair.

Pequeno Soba sacudiu a cabeça, atordoado:

— Bem, bem. Você acaba de partir essa parede e depois limpa o corredor. Não quero ver nem uma poeirinha, ok? Isto aqui não é mais musseque. Agora é um prédio elegante, de muito respeito, como no tempo do colono.

Reentrou no seu apartamento, dirigiu-se à cozinha, procurou uma cerveja na geladeira. Foi beber para a varanda. Às vezes vinha-lhe uma espécie de nostalgia do tempo em que, doido, miserável, atravessava as horas bailando pelas ruas e praças. O mundo, lavado pelo sol, não sofria de enigmas. Tudo lhe parecia transparente e lúcido, inclusive Deus, o Qual, assumindo formas diversas, tantas vezes lhe surgia ao entardecer para dois dedos de agradável conversa.

MUTIATI BLUES

Os Kuvale não serão hoje mais de cinco mil, mas ocupam um território vasto: mais de metade da Província do Namibe. São na atualidade um povo próspero, nos termos que eles próprios valorizam: estão cheios de bois. Os seus espaços não foram praticamente, a não ser a Nordeste, teatro de incidências diretas da guerra, tem havido chuva nos útimos anos, pelo menos que chegue para manter o gado (até tem havido anos bons e há muito tempo que não há verdadeiramente nenhum ano mau) e, no entanto, o processo de Angola todos os anos os coloca em situação de penúria alimentar. Não conseguem trocar bois por milho. Este binômio, tanto boi-tanta fome, é mais um sinal da sua singularidade. Mas não é esta, também, a de Angola? Tanto petróleo...?

Ruy Duarte de Carvalho, em *Aviso à Navegação – olhar sucinto e preliminar sobre os pastores kuvale*, Luanda, INALD, 1997

O detetive agachou-se. Fixou os olhos no velho, sentado, muito direito, poucos metros adiante. O brilho do céu atordoava-o, impedia-o de ver com clareza. Voltou-se para o guia:

— Aquele velho, ali, o gajo é mulato?

O guia sorriu. A pergunta pareceu embaraçá-lo:

— Pode ser. Algum branco que passou por aqui há setenta anos. Essas coisas aconteciam. Ainda hoje acontecem. Os gajos oferecem as esposas aos visitantes, você não sabia?

— Ouvi falar.

— Fazem isso. Mas se a mulher recusar, tudo bem, não as obrigam a nada. As mulheres, aqui, têm mais poder do que a gente julga.

— Não duvido. Aqui e em toda a parte. No fim, as mulheres ficarão com o poder todo.

Dirigiu-se ao velho:

— Você fala português?

O interpelado passou a mão direita pela cabeça, coberta por uma espécie de gorro, muito bonito, às listas vermelhas e amarelas. Olhou Monte a direito, num desafio mudo, abriu a boca, quase sem dentes, e soltou uma gargalhada minúscula, macia, que se dispersou como poeira no ar iluminado. Um rapaz, sentado ao lado dele, comentou qualquer coisa para o guia. O homem traduziu:

— Está a dizer que o velho não fala. Nunca falou.

Monte ergueu-se. Limpou o suor do rosto com a manga da camisa:

— Lembra-me um tipo que conheci há muitos anos. Morreu. Uma pena, porque teria muito gosto em matá-lo outra vez. Agora, depois que envelheci, sou assaltado por memórias, incrivelmente nítidas, de coisas passadas. Como se alguém, dentro da minha cabeça, se entretivesse a folhear um velho álbum fotográfico.

Caminhavam há horas ao longo do leito seco de um rio. Monte fora chamado por um general, um companheiro dos tempos das lutas, que comprara uma enorme fazenda, ali perto, para oferecer à filha. Esta mandou erguer uma sólida vedação em redor da propriedade, cortando as tradicionais rotas de transumância dos pastores mucubais. Trocaram-se tiros. Um pastor foi ferido. Na noite seguinte um grupo de jovens mucubais assaltou a fazenda, levando um rapaz de catorze anos, neto do general, além de uma vintena de cabeças de gado.

Monte avançou dois passos na direção do velho:

— Posso ver o seu pulso? O pulso direito?

O velho vestia um simples pano, amarrado à cintura, em vários tons de vermelho e cor de laranja. Dezenas de colares ornavam-lhe o pescoço. Nos pulsos brilhavam largas braceletes de cobre. Monte segurou-lhe o braço. Preparava-se para afastar as pulseiras quando a pancada o derrubou. O rapaz, sentado ao lado do velho, erguera-se de um salto, desferindo-lhe um violento soco no peito. O detetive caiu de costas. Voltou-se. Afastou-se uns metros, de gatas, tossindo, tentando recuperar o ar e o aprumo, enquanto, atrás dele, estalava uma violenta discussão. Finalmente, conseguiu pôr-se de pé. O alarido atraíra gente. Jovens de pele lustrosa, cor de ferrugem, irrompiam do esplendor da tarde, como num milagre, juntando-se em redor do velho. Agitavam compridas varas. Ensaiavam passos de dança. Davam grandes saltos. Gritavam. O guia recuou, aterrado:

— Isto está a ficar feio, kota. Vamos mas é bazar!

Já em Luanda, à mesa de um bar, entre dois goles de cerveja bem gelada, Monte resumiria a humilhante derrota, recorrendo a uma imagem expressiva, embora deselegante:

— Fomos corridos como cães. Engoli tanta poeira que estou desde então a cagar tijolos.

**ONDE SE ESCLARECE
UM DESAPARECIMENTO (QUASE DOIS),
OU DE COMO, CITANDO MARX:**
TUDO O QUE É SÓLIDO SE DESMANCHA NO AR

Magno Moreira Monte acordou, numa manhã sem luz, sentindo-se como um rio que houvesse perdido a foz. Uma chuva lenta morria lá fora. A mulher penteava-se, de calcinha e sandálias, sentada na cama.

— Acabou — disse Monte. — Não aguento mais.

Maria Clara olhou-o num sossego de mãe:

— Ainda bem, meu amor. Agora podemos ser felizes.

Foi em 2003. As novas orientações do partido revoltavam-no. Não se conformava com o abandono dos antigos ideais, a rendição à economia de mercado, a aproximação às potências capitalistas. Abandonou os serviços de informação e recomeçou a vida como detetive privado. Os clientes procuravam-no, a conselho de amigos comuns, buscando informações sobre empresas concorrentes, furtos avultados, pessoas desaparecidas. Visitavam-no também mulheres desesperadas, procurando provas da traição dos maridos, e maridos ciumentos, oferecendo-lhe somas consideráveis para que vigiasse as esposas. Monte não aceitava este gênero de serviços, a que chamava, com desprezo, casos de cama. Indicava outros colegas.

Uma tarde apareceu-lhe no escritório a esposa de um famoso empresário. Sentou-se, cruzou e descruzou as magníficas pernas, como Sharon Stone em *Instinto selvagem*, e atirou num sopro:

— Quero que mate o meu marido.

— Como?!

— Devagar. Muito devagar.

Monte inclinou-se na cadeira. Olhou-a em silêncio, um longo momento, esperando quebrá-la. A mulher, contudo, não baixou os olhos:

— Dou-lhe cem mil dólares.

O detetive conhecia o empresário, um oportunista sem escrúpulos, que começara a encher os bolsos ainda durante o período marxista, roubando, aqui e ali, em obras públicas.

— É muito dinheiro para tão escasso serviço.

— Então aceita?

— Por que o quer matar?

— Estou farta das traições dele. Quero vê-lo morto. Aceita?

— Não.

— Não aceita?

— Não. Não aceito. Matá-lo-ia sem remorsos, inclusive com certo prazer, sobretudo sendo devagar, mas a senhora não me deu o motivo certo.

A mulher foi-se embora, furiosa. Semanas mais tarde os jornais noticiavam a morte do empresário. Fora assassinado a tiro, dentro do carro, após resistir a uma tentativa de assalto.

Monte ainda hoje não consegue evitar um leve sorriso ao escutar eventuais comentários sobre o desaparecimento de Simon-Pierre Mulamba. Aqueles que o veem sorrir interpretam-no mal. Julgam que ele, um marxista contumaz, cético por natureza e formação, sorri das superstições populares. Na época, irritara-se com o falhanço da operação. Não tolerava erros, próprios ou alheios, embora o resultado final de toda a trapalhada lhe tivesse agradado. No fim, pediu a demissão. Isto foi a gota de água que extravasou o copo da minha infinita paciência, explicou a um amigo. A guerra terminara. Nos hotéis de Luanda acotovelavam-se empresários vindos de Portugal, Brasil, África do Sul, Israel, China, todos à procura de dinheiro rápido num país em frenética reconstrução. Lá de cima – de algum gabinete faustoso e climatizado – viera a ordem para silenciar um jornalista, Daniel Benchimol, especializado em casos de desaparecimentos. Benchimol andava há semanas interrogando pilotos, mecânicos, empresários, putas, vendedores ambulantes, políticos da oposição e do partido no poder, todo o tipo de gente, sobre o desparadeiro de um Boeing 727. O avião desvanecera-se ao amanhecer, quarenta e cinco toneladas de sólido metal, e ninguém sabia explicar o prodígio.

— Tudo o que é sólido se desmancha no ar — murmurou Monte, pensando em Marx, e pensando, como Marx, não em aviões, mas no sistema capitalista, que ali, em Angola, prosperando como bolor entre ruínas, vinha já apodrecendo tudo, corrompendo tudo, e, dessa forma, engendrando o próprio fim.

Monte conhecia o jornalista. Achava-o um sujeito honesto, mesmo idealista, num meio onde muitos outros optavam por vender a alma ao Diabo. As reportagens que assinava, temperadas por um leve toque de humor, irritavam e inquietavam a nova burguesia. Descendia de judeus marroquinos instalados em Benguela desde meados do século XIX entretanto mulatizados e cristianizados. O avô, Alberto Benchimol, médico muito amado e respeitado, pertencera à *Kuribeka*, nome pelo qual a Maçonaria é conhecida em Angola. O termo vem do ovimbundu, com o significado de apresentar-se ou oferecer-se. A *Kuribeka* foi criada por volta de 1860, com lojas em Benguela, Catumbela e Mossâmedes, e parece ter inspirado vários levantamentos de cariz nacionalista. O neto herdara do velho a impulsividade e a frontalidade, qualidades que Monte admirava. Ao receber a ordem para o silenciar, o detetive não conteve a revolta:

— Este país está virado do avesso. Pagam os justos pelos pecadores.

A observação, dita em voz alta, firme, diante de dois generais, não caiu bem. Um deles empertigou-se:

— O mundo evoluiu. O partido soube avançar com o mundo, modernizar-se e, por isso, ainda aqui estamos. O camarada devia refletir sobre o processo histórico. Estudar um pouco. Há quantos anos trabalha conosco? Desde sempre, penso. Acho demasiado tarde para se voltar contra nós.

O segundo general encolheu os ombros:

— O camarada Monte gosta de provocar. Foi sempre assim, um agente provocador. Questão de estilo.

Monte conformou-se. Cumprir ordens. Fazer cumprir ordens. Nisso se resumia, afinal, uma vida inteira. Mandou vigiar o jornalista. Descobriu que todos os sábados alugava um bangalô num pequeno *lodge*, na Barra do Quanza, para se encontrar com a esposa de um conhecido político. Chegava por volta das quatro. A amante uma hora mais tarde e nunca se demorava. O homem, pelo contrário, deixava-se ficar até amanhecer, matabichava, e só então regressava a casa.

São as rotinas que perdem a presa.

Um dos melhores amigos de Monte colecionava cobras e palmeiras. Uli Pollak desembarcara em Luanda poucos meses após a Independência, emprestado à revolução angolana pelo *Ministerium für Staatssicherheit*. Casara com uma benguelense, quinze anos mais jovem, de quem tivera dois filhos, e, após o colapso da RDA, pedira e obtivera a nacionalidade angolana. Homem discreto, de poucas palavras, ganhava a vida a produzir e a comercializar rosas de porcelana. Construíra uma casa, junto ao Morro dos Veados, com uma varanda redonda, vasta como um pátio, quase inteiramente debruçada sobre as águas. Foi ali, enquanto o mar engolia a noite, que recebeu o amigo, sentados, os dois, em confortáveis cadeirões de verga. Beberam cerveja. Conversaram sobre a situação em Angola, a invasão do Iraque, o caos urbanístico. Uli esperou que a escuridão tomasse conta de tudo:

— Não vieste aqui para falar sobre o estado do trânsito.

— Tens razão. Preciso de uma das tuas cobras.

— Sabia que um dia virias até aqui pedir-me algo do gênero. Eu gosto das minhas cobras. Não são armas.

— Bem sei. É o último favor que te peço. Muita gente troçou de ti quando decidiste recomeçar a vida como florista. Foi uma boa decisão.

— Podes fazer o mesmo.

— Flores? Não entendo nada de flores.

— Flores. Padarias. Infantários. Empresas funerárias. Neste país está tudo a começar. Qualquer negócio dá certo.

— Negócios? — Monte riu-se. Um riso amargurado. — Não tenho talento para multiplicar dinheiro. Arruíno os melhores negócios. Serei sempre remediado, já me conformei. Enfim, dá-me a cobra, e esquece-te disso.

Na noite seguinte, um dos seus homens, um malanginho robusto, couraçado, a quem chamavam Kissonde, deslocou-se ao *lodge* onde Daniel Benchimol costumava alojar-se. Passava da meia-noite. Chovia mansamente. Kissonde bateu à porta do bangalô número seis. Um mulato alto, bem parecido, veio abrir. Vestia um belo pijama de seda, azul metálico, às listras brancas. O agente apontou-lhe uma pistola, ao mesmo tempo que levava o dedo indicador da mão esquerda aos lábios, num gesto expressivo:

— *Chiiiiiu*! Nem uma palavra. Não quero que se magoe. — Empurrou o mulato para dentro e fê-lo sentar-se na cama. A seguir, sem nunca deixar de o ameaçar com a arma, tirou do bolso do blusão uma caixa de comprimidos. — Vais engolir dois. Deitas-te e dormes como um bebê. Amanhã acordarás feliz, apenas um pouco mais pobre.

Segundo o plano, Daniel Benchimol engoliria os comprimidos e, ao fim de poucos minutos, adormeceria. Kissonde deveria então calçar duas grossas luvas de couro, retirar da mochila uma cobra-coral, oferta do velho Uli, agarrá-la pela cabeça e levá-la a morder o jornalista. Sairia de mansinho, sem que ninguém o visse, deixando a cobra no quarto. Na manhã seguinte uma faxineira descobriria o cadáver, a cobra, a caixa de comprimidos, e daria o alarme. Muitos gritos, muitos choros. Belos discursos no funeral. Um crime perfeito.

Infelizmente, o mulato recusou-se a seguir o roteiro. Ao invés de engolir os comprimidos e adormecer, soltou um palavrão em francês, lançou a caixa ao chão, e ia para se levantar quando Kissonde o derrubou com um violento soco. O homem ficou estendido na cama, desfalecido, lábios rachados, sangrando muito. Kissonde prosseguiu com o plano. Enfiou-lhe os comprimidos pela garganta abaixo, calçou as luvas, abriu a mochila, segurou a cobra pela cabeça e fez com que mordesse o pescoço do mulato. Foi então que sucedeu um novo imprevisto. A cobra ferrou-se com fúria ao nariz do agente. Kissonde agarrou-a, puxou-a, mas o animal não se soltou logo. Por fim conseguiu arrancá-la. Lançou-a ao chão, pisando-a repetidas vezes. Sentou-se na cama, tremendo, tirou o telemóvel do bolso e ligou para Monte:

— Chefe, temos uma situação.

Monte, que aguardava no carro, à entrada do *lodge*, largou a correr até ao bangaló número seis. A porta estava fechada. Bateu de leve. Ninguém veio abrir. Bateu com mais força. A porta abriu-se e ele viu surgir, desgrenhado, em cuecas, irradiando saúde, Daniel Benchimol.

— Desculpe, o senhor está bem?

O jornalista esfregou os olhos, assustado:

— Devia estar mal?

Monte inventou uma desculpa apressada, outro hóspede ouvira um grito, talvez aves noturnas perseguindo as presas, um gato com cio, pesadelos desgarrados, voltou a desculpar-se, desejou a continuação de uma noite tranquila ao atônito jornalista e afastou-se. Ligou a Kissonde:

— Onde diabo te enfiaste tu?

Escutou um gemido. Uma voz esfarelando-se:

— Estou a morrer, chefe. Venha depressa.

Monte teve uma iluminação. Correu para o bangalô número nove. Confirmou que o número, em metal, se soltara, na parte superior, rodando e formando o número seis. A porta estava apenas encostada. Entrou. Kissonde estava sentado de frente para a porta, rosto inchado, o nariz ainda mais inchado, pálpebras descaídas:

— Estou a morrer, chefe — disse, erguendo as mãos, num lento gesto de desamparo. — A cobra me mordeu.

Monte viu, atrás dele, o rosto de um outro sujeito, sangrando pela boca:

— Porra, Kissonde! E esse muadié?! Quem é esse?

Foi direito a um casaco, colocado nas costas de uma cadeira, junto à escrivaninha. Remexeu os bolsos. Encontrou uma carteira e um passaporte:

— Um francês! Que grande merda, Kissonde, mataste um francês! Trouxe o jipe. Sentou Kissonde no lugar do morto. Preparava-se para arrastar o corpo inanimado de Simon-Pierre, quando um dos guardas do *lodge* o surpreendeu.

— Vá lá! — suspirou Monte. — Um pouco de sorte no meio do azar. O homem trabalhara consigo durante os anos duros. Perfilou-se:

— Comandante!

Ajudou Monte a colocar Simon-Pierre no banco do jipe. Trouxe lençóis lavados. Fizeram a cama. Limparam o quarto. Colocaram a cobra (o que sobrara dela) na mochila de Kissonde. Já de saída, depois de entregar cem dólares ao guarda, para o ajudar a esquecer o episódio, Monte reparou no chapéu de seda com que o francês se passeara por Luanda.

— Vou levar esse chapéu. Levo também alguma roupa. Ninguém desaparece de pijama.

Deixou Kissonde no Hospital Militar. Conduziu durante uma hora até um terreno que comprara, anos antes, na ideia de ali construir, longe do ruído de Luanda, uma casa de madeira, pintada de azul, onde ele e a esposa enfrentariam a velhice. Estacionou o jipe junto a um enorme embondeiro. Estava uma noite bonita, iluminada por uma lua de cobre, redonda, tensa como a pele de um tambor. Tirou uma pá da bagageira, e abriu uma cova na terra macia, molhada pela chuva. Veio-lhe à memória uma velha canção de Chico Buarque: *Esta cova em que estás / com palmos medida / é a conta menor que tiraste em vida // É de bom tamanho / nem largo nem fundo / é a parte que te cabe deste latifúndio.* Encostou-se ao embondeiro a cantarolar: *É uma cova grande / para teu corpo defunto / mas estarás mais ancho / que estavas no mundo.*

No sétimo ano do liceu, na cidade do Huambo, integrara um grupo de teatro amador que encenara *Morte e Vida Severina*, peça com letra de João Cabral de Melo Neto e música de Chico Buarque. A experiência

123

mudou a forma como olhava o mundo. Compreendeu, representando um camponês pobre do nordeste brasileiro, as contradições e as injustiças do sistema colonial. Em abril de 1974 estava em Lisboa, estudando Direito, quando as ruas se encheram de cravos vermelhos. Comprou uma passagem e regressou a Luanda para fazer a revolução. Tantos anos decorridos, e ali estava, a cantarolar o "Funeral de um lavrador", enquanto sepultava, em terra incógnita, um escritor sem sorte.

Reentrou em Luanda às quatro da manhã. Pensava no que faria a seguir, como justificar o desaparecimento do francês, quando, ao passar defronte do Mercado do Quinaxixe, lhe veio a inspiração. Estacionou o carro. Saiu. Pegou no chapéu do morto e avançou até às traseiras de um prédio, junto a uma discoteca, a Quizás, Quizás, onde Simon-Pierre estivera nessa noite. Pousou o chapéu na terra úmida. Um garoto dormia junto a um contentor de lixo. Acordou-o com um safanão:

— Você viu aquilo?!

O menino ergueu-se de um salto, estremunhado:

— Vi o quê, kota?

— Ali, onde tem o chapéu! Estava um mulato alto, a mijar, e então, de repente, a terra engoliu-o. Só ficou o chapéu.

O menino voltou para ele o carão largo, coberto de espinhas. Abriu muito os olhos:

— Chê, paizinho! Você viu mesmo?!

— Vi, claramente visto. A terra o engoliu. Primeiro soltou-se um lumezinho, e depois nada. Apenas o chapéu.

Ficaram os dois ali, de pé, espantados, a contemplar o chapéu. O assombro deles atraiu a atenção de três outros garotos. Aproximaram-se, entre receosos e desafiadores:

— Aconteceu o quê, Baiacu?

Baiacu encarou-os, triunfante. Nos dias seguintes seria escutado. As pessoas fariam roda para o ouvir. Um homem com uma boa história é quase um rei.

OS MORTOS DE SABALU

No dia em que Sabalu quebrou a parede, Ludo confessou-lhe o seu maior pesadelo: matara um homem a tiro e enterrara-o no terraço. O menino escutou-a sem surpresa:
— Foi há muito tempo, avó. Nem ele se lembra mais disso.
— Ele quem?
— O seu morto, o tal Trinitá. A minha mãe dizia que os mortos sofrem de amnésia. Sofrem mais ainda com a pouca memória dos vivos. Você se lembra dele todos os dias, e isso é bom. Deveria se lembrar dele rindo, dançando. Tem de conversar com o Trinitá como conversa com Fantasma. Conversar sossega os mortos.
— Também aprendeste isso com a tua mãe?
— Sim. A minha mãe me morreu quando eu era criança. Fiquei abandonado. Converso com ela, mas me faltam as mãos com que me protegia.
— Tu ainda és uma criança.
— Não consigo, avó. Como posso ser criança longe das mãos da minha mãe?
— Eu dou-te as minhas.
Ludo não abraçava ninguém há muito tempo. Perdera um pouco a prática. Sabalu teve de lhe erguer os braços. Foi ele mesmo fazendo ninho no colo da velha senhora. Só depois lhe falou na mãe, enfermeira, assassinada por combater o comércio de cadáveres humanos. No hospital onde trabalhava, numa cidade do Norte, acontecia desaparecerem cadáveres. Alguns funcionários vendiam os órgãos a quimbandeiros, e

assim quintuplicavam o escasso salário. Filomena, a mãe de Sabalu, começara por se insurgir contra os funcionários corruptos, passando, mais tarde, a combater também os quimbandeiros. Começou a ter problemas. Um carro lançou-se sobre ela, à saída do trabalho, quase a atropelando. Assaltaram-lhe a casa cinco vezes. Deixavam feitiços pregados na porta, bilhetes com insultos e ameaças. Nada disso a demoveu. Numa manhã de outubro, no mercado, um homem aproximou-se dela e esfaqueou-a na barriga. Sabalu viu a mãe cair no chão. Ouviu-lhe a voz, num sopro:

— Foge, filho!

Filomena viera de São Tomé, grávida, atraída pelos olhos luminosos, os ombros largos, o riso fácil, a voz quente, de um jovem oficial das Forças Armadas Angolanas. O oficial levara-a de Luanda para aquela cidade, vivera com ela oito meses, assistira ao nascimento de Sabalu, partira para uma missão no Sul, que deveria prolongar-se por poucos dias, e nunca mais regressara.

O menino atravessou o mercado, derrubando cestas com frutas, grades de cerveja, pipilantes gaiolas de vime. Um violento alarido de revolta ergueu-se atrás dele. Sabalu só parou diante de casa. Ficou ali, especado, sem saber o que fazer. Então a porta abriu-se e um homem curvo, vestido de preto, pulou sobre ele, como uma ave de rapina. O garoto esquivou-se, rolou no asfalto, levantou-se e, sem olhar para trás, largou de novo a correr.

Um camionista aceitou levá-lo até Luanda. Sabalu disse-lhe a verdade: a mãe morrera e o pai estava desaparecido. Esperava conseguir, na capital, localizar alguém da família. Sabia o nome do pai, Marciano Barroso, que fora, ou era, capitão das Forças Armadas, e que desaparecera numa missão algures no Sul. Sabia ainda que o pai era natural de Luanda. Os avós paternos residiam no Largo do Quinaxixe. Lembrava-se de ouvir a mãe referir o nome. Contara-lhe que ali, naquele largo, crescia uma lagoa de águas escuras, onde morava uma sereia.

O camionista deixou-o no Quinaxixe. Colocou-lhe no bolso um maço de notas:

— Esse dinheiro deve dar para você alugar um quarto durante uma semana, comer e beber. Espero que entretanto encontre o seu pai.

O menino cirandou por ali, aflito, durante horas e horas. Dirigiu-se primeiro a um polícia obeso, postado diante da porta de um banco:

— O senhor conhece o capitão Barroso?

O polícia atirou contra ele uns pequenos olhos cintilantes de cólera:

— A circular, vadio, a circular!

Uma quitandeira apiedou-se do menino. Deteve-se um instante a escutá-lo. Chamou outras. Uma delas recordava-se de um velho, Adão Barroso, que vivera ali, no prédio da Cuca. Falecera há anos.

Entardecia quando a fome o empurrou até um pequeno bar. Sentou-se, receoso. Pediu uma sopa e uma Coca-Cola. Ao sair, um rapaz de rosto inchado, pele muito maltratada, atirou-o contra a parede:

— O meu nome é Baiacu, canuco. Sou o Rei do Quinaxixe. — Apontou para a estátua de uma mulher, no centro do jardim. — Aquela é a minha dama. Ela, a Rainha Ginga. Eu, o Rei Gingão. Tens kumbu?

Sabalu encolheu-se, chorando. Dois outros meninos surgiram da sombra, ladeando Baiacu, e impedindo-lhe a fuga. Eram idênticos, baixos e sólidos, como pitbulls, olhos sem luz e um mesmo sorriso absorto nos lábios bem desenhados. Sabalu levou a mão ao bolso e mostrou o dinheiro. Baiacu arrebatou as notas:

— Ya, avilo. Foste bem. Esta noite podes cubar conosco, ali, nos caixotes. A gente te protege. Amanhã começas a trabalhar. Como te chamas?

— Sabalu.

— Prazer, Sabalu. Este é Diogo!

— Qual deles?

— Os dois. Diogo é os dois!

Sabalu levou algum tempo a compreender que os dois corpos constituíam uma única pessoa. Moviam-se em uníssono, ou seja, vibravam em harmonia, como nadadores sincronizados. Pronunciavam ao mesmo tempo as mesmas esparsas palavras. Riam gargalhadas comuns.

Choravam lágrimas idênticas. Mulheres grávidas desfaleciam ao vê-lo. Crianças fugiam dele. Diogo, contudo, não parecia possuir a menor vocação para o mal. Tinha a bondade das pitangueiras, que dão frutos ao sol, embora discretos e raros, mais por negligência do que por uma clara determinação do espírito. Baiacu obtinha algum rendimento fazendo Diogo cantar e dançar kuduru diante dos grandes hotéis. Os estrangeiros ficavam fascinados. Deixavam gorjetas generosas. Um jornalista português escreveu um pequeno artigo sobre o kudurista, que incluía uma fotografia de Diogo abraçado a Baiacu. Este último trazia sempre um recorte do artigo no bolso das calças. Mostrava-o orgulhoso:

— Sou um empresário de rua.

Sabalu começou por lavar carros. Entregava o dinheiro a Baiacu. O empresário de rua comprava comida para todos. Para ele comprava também cigarros e cerveja. Às vezes bebia demais. Tornava-se falador. Filosofava:

— A verdade é o sapato sem sola de quem não sabe mentir.

Irritava-se com facilidade. Uma ocasião, Diogo deixou que outros meninos roubassem um pequeno rádio a pilhas que Baiacu conseguira subtrair do banco posterior de um jipe preso no trânsito. Nessa noite Baiacu acendeu uma fogueira junto à lagoa. Aqueceu uma chapa de ferro até a ver em brasa. Chamou Diogo, agarrou-lhe numa das mãos e colocou-a sobre a chapa. Os dois corpos de Diogo contorceram-se desesperados. As duas bocas soltaram um uivo agudo. Sabalu vomitou, agoniado com o cheiro a carne queimada e o desespero de Diogo.

— Você é fraco — cuspiu Baiacu. — Nunca será rei.

A partir desse dia, para fazer dele um homem, ao menos um homem, já que jamais conseguiria transformá-lo num rei, passou a levá-lo em breves expedições de saque. Acontecia ao final da tarde, quando os burgueses regressavam a casa, dentro dos seus carros, penando horas a fio nos engarrafamentos. Havia sempre algum infeliz que abria o vidro, ou para arejar, porque o ar condicionado não funcionava, ou para interpelar alguém. Então Baiacu irrompia das sombras, com o rosto eriçado de espinhas, os largos olhos em brasa, e encostava-lhe um caco de vidro ao pescoço. Sabalu metia as mãos pela janela e tirava carteira, relógio, qualquer objeto de valor ao seu alcance. A seguir fugiam ambos a grande velocidade por entre a confusão dos veículos, gente gritando ameaças, a fúria das buzinas, eventualmente tiros.

Foi Baiacu quem teve a ideia de escalar os andaimes. Instruiu Sabalu:

— Você sobe, vê se há alguma janela aberta e entra sem barulhar. Eu não consigo. Enjoo muito com as alturas. Além disso, quanto mais subo mais baixinho me sinto.

Sabalu subiu até ao terraço. Viu as galinhas mortas. Desceu e descobriu um apartamento depredado até ao osso, sem móveis, sem portas ou soalho. As paredes, cobertas de inscrições e estranhos desenhos, assustaram-no. Recuou devagar em direção às escadas. Disse a Baiacu que não havia nada. Na noite seguinte, porém, voltou a galgar os andaimes. Dessa vez aventurou-se pelas restantes assoalhadas. No quarto viu a velha a dormir sobre um colchão. Roupa pousada a um canto. A cozinha era o único lugar da casa que parecia normal, exceto pelas paredes enegrecidas pelo fumo. Havia uma mesa sólida, com tampo de mármore, fogão e frigorífico. O menino tirou um pão que trouxera no bolso, andava sempre com um pão no bolso, e colocou-o sobre a mesa. Numa das gavetas descobriu uma coleção de talheres de prata. Guardou-os na mochila e saiu. Entregou os talheres a Baiacu. O rapaz assobiou, impressionado:

— Bom trabalho, canuco. Não encontraste kumbu, joias?

Sabalu negou. Havia mais pobreza, lá em cima, do que ali, nas ruas de Luanda. Baiacu não se conformou.

— Amanhã você volta.

Sabalu limitou-se a concordar com a cabeça. Pediu dinheiro para comprar pão. Colocou o pão, uma barra de manteiga e uma garrafa de Coca-Cola na mochila e escalou o prédio. Deixou tudo na mesa da cozinha. Ao vê-lo regressar de mãos vazias Baiacu explodiu. Atirou-se contra ele aos socos e pontapés. Derrubou-o. Continuou a chutar-lhe a cabeça, o pescoço, até que Diogo o segurou pelos braços e o afastou. Na noite seguinte, Sabalu voltou a escalar o terraço. Dessa vez encontrou Ludo estendida. Desceu muito assustado. Pediu a Baiacu que o deixasse comprar medicamentos. A velha caíra. Parecia muito mal. O outro nem escutou:

— Não vejo as suas asas, Sabalu. Não tem asas, não é anjo. Deixe a velha morrer.

Sabalu calou-se. Acompanhou Baiacu e Diogo ao Roque Santeiro. Venderam os talheres. Almoçaram por lá, num bar que se erguia, empoleirado em estacas, sobre a babélica confusão do mercado. Sabalu deixou que Baiacu acabasse de beber a cerveja. Atreveu-se então a perguntar se não poderia ficar com algum dinheiro. Afinal, fora ele que trouxera os talheres. O outro enfureceu-se:

— Para que você quer o kumbu? Tudo o que você precisa eu lhe dou. Sou como um pai para você.

— Me deixe só ver o dinheiro. Nunca vi tanto dinheiro junto.

Baiacu passou-lhe para as mãos o grosso maço de notas. Sabalu agarrou-o. Saltou do terraço para a areia. Ergueu-se com os joelhos em sangue. Correu, esgueirando-se por entre a multidão, enquanto, debruçado no parapeito, Baiacu gritava insultos e ameaças:

— Ladrão! Filho da puta. Vou matar você.

Sabalu comprou medicamentos e comida. Entardecia quando regressou ao Quinaxixe. Viu Baiacu sentado com Diogo junto aos andaimes. Foi ter com um outro garoto e passou-lhe cinco notas para a mão:

— Diz ao Baiacu que estou à espera dele no Verde Bar.

O garoto afastou-se correndo. Entregou o recado. Baiacu ergueu-se de um salto e partiu, seguido por Diogo, na direção oposta. Sabalu galgou os andaimes. Só respirou quando alcançou o terraço.

**DANIEL BENCHIMOL INVESTIGA
O DESAPARECIMENTO DE LUDO**

Daniel Benchimol leu a carta de Maria da Piedade Lourenço duas vezes. Telefonou a um amigo do pai, geólogo, que dedicara a vida inteira à prospeção de diamantes. O velho Vitalino lembrava-se muito bem de Orlando:

— Um bom sujeito, péssimo feitio. Duro, seco, e sempre esticado, como se vestisse uma camisa de pregos. Chamavam-lhe o Pico. Ninguém queria tomar café com ele. Não fazia amigos. Desapareceu pouco antes da Independência. Aproveitou a confusão, meteu umas pedras no bolso, e fugiu para o Brasil.

Daniel pesquisou na Internet. Encontrou centenas de pessoas chamadas Orlando Pereira dos Santos. Perdeu horas atrás de um indício, uma referência qualquer, que lhe permitisse ligar o nome ao sujeito que procurava. Sem sucesso. Pareceu-lhe estranho. Um homem como Orlando, vivendo há vinte e tantos anos no Brasil, ou em qualquer outro país que não fosse o Afeganistão, o Sudão, ou o Butão, teria de deixar rastro na grande rede virtual. Ligou outra vez a Vitalino:

— Esse Orlando tinha família em Angola?

— Devia ter. Ele era de Catete.

— Catete?! Pensei que fosse tuga.

— Não, não! Puro catetense. Clarinho. A seguir ao 25 de abril insistia em nos recordar a origem. Gabava-se de ter convivido com o Manguxi. Vê lá tu! Um tipo que durante todos aqueles anos nunca levantou a voz contra o colonialismo! Devo acrescentar, a bem da verdade, que não pactuava com racistas, lá isso não, mostrou-se sempre um tipo justo. Tratava brancos e pretos com idêntica arrogância.

— E família?

— Pois então, família. Acho que ele era primo do Vitorino Gavião.

— O poeta?

— Um vagabundo. Dá-lhe o nome que quiseres.

Benchimol sabia onde encontrar Vitorino Gavião. Atravessou a rua e entrou na Biker. A histórica cervejaria encontrava-se, àquela hora, quase vazia. A uma mesa, um pouco afastada, quatro velhos jogavam às cartas. Discutiam alto. Calaram-se quando o viram avançar:

— Cuidado! — atirou um deles, fingindo sussurrar, mas de forma a que o jornalista o escutasse. — Chegou a imprensa arregimentada. A voz do dono. Os ouvidos do dono.

Benchimol irritou-se:

— Se eu sou a voz do regime, vocês são o excremento.

O que sussurrara, endireitou-se:

— Não te irrites, camarada. Bebe uma cerveja.

Vitorino Gavião deixou escapar um riso ácido:

— Nós somos o coro grego. A voz da consciência nacional. É isso que somos. Estamos aqui, na penumbra, comentando o progresso da tragédia. Lançando alertas que ninguém escuta.

Uma calvície ultrajante roubara-lhe a forte cabeleira, ao estilo de Jimi Hendrix, com que nos anos sessenta, em Paris, proclamara a sua negritude. Assim, de crânio liso, a brilhar, passaria por branco até na Suécia. Enfim, na Suécia talvez não. Ergueu a voz, curioso:

— Quais são as notícias?

O jornalista puxou uma cadeira. Sentou-se:

— Conheceste um tal Orlando Pereira dos Santos, engenheiro de minas?

Gavião hesitou, muito pálido:

— Meu primo. Primo direito. Morreu?

— Não sei. Ganharias alguma coisa com a morte dele?

— O gajo desapareceu na altura da Independência. Dizem que levou com ele um lote de diamantes.

— Achas que ainda se lembra de ti?

— Éramos amigos. O silêncio do Pico, nos primeiros anos, não me surpreendeu. Se eu tivesse roubado um lote de diamantes também ia querer que me esquecessem. Ele foi esquecido. Há muito tempo que toda a gente o esqueceu. Por que me estás a fazer essas perguntas?

O jornalista mostrou-lhe a carta de Maria da Piedade Lourenço. Gavião lembrava-se de Ludo. Sempre a achara um pouco aérea. Agora compreendia o motivo. Recordou as visitas ao apartamento do primo, no Prédio dos Invejados. A euforia dos dias que antecederam a Independência.

— Se eu soubesse no que isto ia dar teria ficado em Paris.

— E fazias o quê lá, em Paris?

— Nada! — suspirou Gavião. — Nada, como aqui. Mas pelo menos fazia-o com elegância. Seria um *flâneur*.

Nessa mesma tarde, depois de sair do jornal, Daniel subiu a pé até ao Quinaxixe. O Prédio dos Invejados apresentava-se ainda bastante degradado. Contudo, o *hall* estava pintado de fresco, e respirava-se um ar limpo e jovial. Um guarda vigiava o ascensor.

— Funciona? — quis saber o jornalista.

O homem sorriu, orgulhoso:

— Quase sempre, chefe, quase sempre!

Pediu a Daniel que se identificasse e só então chamou o ascensor. O jornalista entrou. Subiu até ao décimo primeiro andar. Saiu. Deteve-se um instante, impressionado com a limpeza das paredes e o brilho dos soalhos. Só uma porta destoava do conjunto, a do apartamento D. Estava arranhada e mostrava um orifício, a meia altura, que parecia ferida de bala. O jornalista premiu a campainha. Não escutou ruído algum. Então bateu três vezes, com força. Um menino veio abrir. Olhos grandes, uma expressão de maturidade que impressionava em alguém tão jovem.

— Olá! — cumprimentou o jornalista. — Moras aqui?
— Moro sim senhor. Eu e a minha avó.
— Posso falar com a tua avó?
— Não.
— Deixa estar que eu falo, filho.

Daniel ouviu a voz, frágil, estalada, e só depois viu surgir uma senhora muito pálida, arrastando uma perna, o cabelo grisalho dividido em duas grossas tranças:

— Sou Ludovica Fernandes, cavalheiro. O que deseja?

# MUTIATI BLUES (2)

O velho viu janeiro a erguer-se e a fechar-se à volta dos kuvale, como uma armadilha. Primeiro a seca. Muitos bois morreram. À medida que avançavam para leste, galgando a serra, o ar foi-se adoçando, o chão ficando mais fresco e mais macio. Encontraram algum pasto, cacimbas barrentas, e prosseguiram, decifrando com esforço os tênues indícios de verde. A vedação surgiu de surpresa, como um insulto, ofendendo o quadril luminoso da manhã. Os rebanhos detiveram-se. Os jovens juntaram-se em grupos nervosos, gritando para o alto breves frases de espanto e de revolta. Antônio, o filho varão, aproximou-se. Suava. O belo rosto, de nariz direito, queixo bem definido, estava afogueado pelo esforço e pela cólera:

— O que fazemos?

O velho sentou-se. A cerca corria durante centenas de metros. Emergia, à direita, por entre um áspero novelo de espinheiras, ali chamadas unhas-de-gato, e afundava-se, à esquerda, num pesadelo ainda mais denso, mais afiado, de bissapas, de compridos catos em forma de candelabro, e de mutiatis. Para lá da vedação abria-se um brando caminho de seixos brancos por onde, naquela altura do ano, deveria deslizar um pequeno ribeiro.

Jeremias Carrasco escolheu um graveto, alisou a areia, e pôs-se a escrever. Antônio agachou-se a seu lado.

Nessa tarde derrubaram a vedação, e passaram para o outro lado. Encontraram alguma água. Bons pastos. Começou a ventar. O vento arrastava pesadas sombras, como se trouxesse a noite, em farrapos, arrancada a algum deserto ainda mais remoto. Escutaram o ruído de um motor e viram surgir, entre a penumbra e a poeira, um jipe transportando seis homens armados. Um deles, um mulato esquivo, com o aspeto desvalido de um gato molhado, saltou do veículo e avançou contra eles agitando na mão direita uma AK-47.

Gritava em português e nkumbi. Algumas frases chegaram, dilaceradas pelo vento, aos ouvidos de Jeremias:

— Esta terra tem dono! Saiam! Saiam já!

O velho ergueu a mão direita, tentando conter o ímpeto dos jovens. Demasiado tarde. Um rapazote esgalgado, que só há poucos meses recebera esposa, e ao qual chamavam Zebra, lançou a azagaia (*ehonga*). A arma desenhou uma elipse elegantíssima no céu em pânico, e foi cravar-se, com uma pancada seca, a escassos centímetros das botas do mulato.

Houve um brevíssimo instante de silêncio. O próprio vento pareceu sossegar. Depois, o vigilante ergueu a arma e disparou.

À luz rigorosa do meio-dia teria sido um banho de sangue. Os seis homens estavam armados. Alguns dos pastores haviam passado pelo exército e também eles exibiam armas de fogo. Àquela hora, porém, com o vento chicoteando a escuridão, só duas balas encontraram carne. Zebra foi ligeiramente ferido num braço. O mulato numa perna. Ambas as partes retiraram, mas, na confusão, muitas vacas ficaram para trás.

Na noite seguinte um grupo de jovens pastores, liderados por Zebra, reentrou na fazenda. Voltaram com algum do gado extraviado, meia dúzia de vacas alheias, e um garoto de catorze anos, que, segundo Zebra, os perseguira a cavalo, gritando como um possesso.

Jeremias assustou-se. Roubar gado faz parte da tradição. Acontece muito. Naquele caso fora uma espécie de troca. O sequestro do rapaz, isso sim, podia trazer-lhes problemas. Mandou chamá-lo. Era um adolescente de olhos muito verdes, uma cabeleira indômita, apanhada num rabo-de-cavalo. Uma dessas figuras a que, em Angola, é costume chamar *fronteiras perdidas*, porque à luz do sol parecem brancos, e na penumbra se revelam, afinal, amulatados — de onde se conclui que, por vezes, as pessoas se conhecem melhor longe da luz. Encarou o velho com desprezo:

— O meu avô vai-te matar!

Jeremias riu-se. Escreveu na areia:

— Já morri uma vez. À segunda não custa tanto.

O adolescente gaguejou qualquer coisa, surpreso. Começou a chorar:

— Chamo-me André Ruço, senhor, sou neto do General Ruço. Diga-lhes que não me façam mal. Deixem-me ir embora. Fiquem com as vacas, mas deixem-me ir embora.

O velho esforçou-se por convencer os jovens a libertarem André. Estes exigiam as vacas de volta e a garantia de que poderiam atravessar a fazenda em busca de melhores pastos. Estavam nisto, há três dias, quando Jeremias viu o passado agachar-se diante de si. Envelhecera, o que nem sempre acontece, há passados que atravessam séculos sem que o tempo os corrompa. Aquele não: mirrara ainda mais, ganhara rugas, e o cabelo que lhe restava já quase não tinha cor. A voz, essa, permanecia sólida e firme. Naquele momento, ao deparar-se com Monte, ao vê-lo erguer-se e ser empurrado e atirado para trás, ao vê-lo correr, perseguido pelos jovens pastores, Jeremias Carrasco voltou a lembrar-se dos diamantes de Orlando Pereira dos Santos.

O ESTRANHO DESTINO DO RIO KUBANGO

Nasser Evangelista sentia-se feliz no novo emprego. Vestia uma farda azul, muito limpa, e passava a maior parte do tempo sentado a uma secretária, a ler, enquanto pelo canto do olho vigiava a porta. Tomara o gosto pela leitura durante os anos em que estivera detido, na prisão de São Paulo, em Luanda. Depois de solto trabalhara como artesão, esculpindo máscaras, no Mercado do Km 17. Uma tarde encontrou Pequeno Soba, com quem partilhara uma cela, e este convidou-o para trabalhar como porteiro no Prédio dos Invejados, ao Quinaxixe, para o qual acabara de se mudar:

— É um emprego tranquilo — assegurou-lhe o empresário. — Você vai poder ler.

Com isso o convencera. Naquela manhã, Nasser Evangelista relia, pela sétima vez, *As aventuras de Robinson Crusoé*, quando reparou num garoto muito feio, de rosto cravado de borbulhas, a rondar a entrada do prédio. Marcou a página. Guardou o livro na gaveta. Ergueu-se e caminhou até à porta:

— Hei, você! O borbulhoso. O que quer do meu prédio?

O garoto aproximou-se, intimidado:

— O senhor sabe se aqui vive um menino?

— Vivem vários, canuco. Este prédio é uma metrópole.

— Um menino de sete anos, nome dele é Sabalu.

— Ah, sim! Sabalu, sei quem é. Décimo primeiro E. Muito simpático. Vive com a avó, mas a ela nunca vi. Não sai de casa.

Nesse momento, surgiram dois outros personagens. Nasser sobressaltou-se, ao vê-los galgar a rua, ambos vestidos de preto, como se irrompessem de uma aventura de Corto Maltese. O mais velho trazia na cabeça um gorro mucubal, às listas vermelhas e amarelas, colares ao pescoço, largas pulseiras nos braços. Calçava umas sandálias velhas, de couro, que deixavam ver uns pés enormes, gretados, cobertos de pó. Ao lado do velho, movendo-se com a elegância de quem desfila numa passarela, ia um jovem muito alto e magro. Exibia também pulseiras e colares, mas nele tais adereços pareciam tão naturais quanto o chapéu de coco que lhe cobria a cabeça. Os dois homens avançaram decididos na direção de Nasser.

— Vamos lá acima — informou o jovem, ao mesmo tempo que, com um gesto enfadado, afastava o porteiro. Nasser recebera instruções muito rigorosas para não deixar subir ninguém sem primeiro tomar nota do respetivo número do bilhete de identidade ou carta de condução. Preparava-se para travar os dois personagens, quando Baiacu, fintando-o, se lançou escadas acima. O porteiro seguiu-o. Jeremias e o filho chamaram o elevador, entraram, e subiram. Ao saírem, no décimo primeiro, o velho sentiu uma tontura. Faltou-lhe o ar. Apoiou-se um instante à parede. Viu Daniel Benchimol, que cumprimentava Ludo, e reconheceu-a, mesmo nunca tendo estado com ela.

— Tenho uma carta para si — dizia Daniel. — Talvez seja melhor entrarmos, a senhora senta-se e conversamos.

Enquanto isto acontecia, Magno Moreira Monte entrava no prédio. Não encontrando o porteiro, chamou o elevador e subiu. Escutou, enquanto subia, os gritos de Nasser perseguindo Baiacu:

— Volte. Você não pode subir!

Também Pequeno Soba, que estava em casa, a fazer a barba, se assustou com os gritos do porteiro. Lavou o rosto, vestiu umas calças e foi à porta espreitar o escândalo. Baiacu passou por ele a correr, empurrou os pastores, e deteve-se a poucos metros de Daniel Benchimol. Logo a seguir abriu-se a porta do elevador e o ex-prisioneiro encarou, surpreso, o homem que, há vinte e cinco anos, o interrogara e torturara.

Baiacu tirou uma navalha de ponta-e-mola do bolso das calças, abriu-a e mostrou-a a Sabalu:

— Ladrão! Vou cortar suas orelhas!

O menino enfrentou-o:

— Venha. Já não tenho medo de você!

Ludo empurrou-o para o interior do apartamento:

— Entra, filho. Fizemos mal em abrir a porta.

Nasser Evangelista caiu sobre Baiacu, e desarmou-o:

— Calma, miúdo, larga lá isso. Vamos conversar.

O espanto de Pequeno Soba alegrou Monte:

— Ah, Camarada Arnaldo Cruz! Quando ouço alguém falar mal de Angola cito sempre o seu exemplo. Um país onde até os malucos enriquecem, mesmo os inimigos do regime, tem de ser, por força, muito generoso!

Antônio, atordoado com a soma de acontecimentos, soprou ao ouvido do velho, no curvo idioma dos kuvale:

— Esta gente não tem bois, meu pai. Nada sabem de bois.

Daniel Benchimol segurou o braço de Ludo:

— Espere um pouco, senhora. Leia a carta.

Pequeno Soba espetou o dedo indicador no peito de Monte:

— Está a rir de quê, hiena? O tempo das hienas acabou.

Ludo devolveu o envelope:

— Os meus olhos já não servem para ler.

Monte afastou o braço de Pequeno Soba, e girando o corpo reparou em Jeremias. A coincidência pareceu alegrá-lo ainda mais:

— Ora, ora, outra cara conhecida. O nosso reencontro, lá, no Namibe, não correu bem. Ao menos para mim. Mas desta vez vocês estão no meu território.

Daniel Benchimol estremeceu ao escutar a voz de Monte. Voltou-se para o detetive:

— Estou a lembrar-me do senhor. Acordou-me na noite em que Simon-Pierre desapareceu. A ideia era fazer-me desaparecer a mim, certo?

A esta altura já todos os olhares convergiam para o antigo agente. Nasser Evangelista soltou Baiacu e avançou para Monte, enfurecido, de navalha em riste:

— Também eu me lembro do senhor, e não são memórias felizes.

Monte, vendo-se cercado por Jeremias, Antônio, Pequeno Soba, Daniel Benchimol e Nasser Evangelista, começou a recuar em direção às escadas:

— Calma, calma, o que passou, passou. Somos todos angolanos.

Nasser Evangelista não o ouviu. Escutava os próprios gritos, um quarto de século antes, numa cela estreita, a cheirar a merda e a mijo. Escutava os gritos de uma mulher que nunca chegou a ver, vindos de uma idêntica escuridão. Gritos e o ladrar de cães. Atrás dele tudo gritava. Tudo ladrava. Avançou dois passos e empurrou a lâmina de encontro ao peito de Monte. Surpreendeu-se por não encontrar resistência. Repetiu o gesto uma e outra vez. O detetive cambaleou, muito pálido, e levou as mãos à camisa. Não viu sangue. As roupas estavam intactas. Jeremias agarrou Nasser pelos ombros e puxou-o para si. Daniel arrancou-lhe a navalha da mão:

— É falsa. Graças a Deus, é uma faca de circo.

Assim era. A navalha possuía um cabo oco, com uma mola, para o qual a lâmina deslizava, escondendo-se, sempre que pressionada.

Daniel golpeou-se a si mesmo, no peito e no pescoço, para mostrar aos outros a falsidade da arma. A seguir saltou para cima de Jeremias. Esfaqueou Nasser. Ria alto, em gargalhadas amplas, histéricas, que os restantes acompanhavam. Também Ludo se ria, agarrada a Sabalu, as lágrimas correndo-lhe dos olhos.

Apenas Monte permanecia sério. Esticou a camisa, endireitou as costas, desceu as escadas. Lá fora o ar escaldava. Um vento seco sacudia as árvores. O detetive respirava com esforço. Doía-lhe o peito, não onde Nasser acertara as facadas fictícias, mas por dentro, em algum lugar secreto, a que ele não sabia dar um nome. Enxugou os olhos. Tirou os óculos escuros do bolso das calças e colocou-os no rosto. Veio-lhe à memória, sem razão aparente, a imagem de uma canoa flutuando no Delta do Okavango.

O Kubango passa a chamar-se Okavango ao cruzar a fronteira com a Namíbia. Sendo um grande rio não cumpre o destino comum aos seus pares: não desagua no mar. Abre os fortes braços e morre em pleno deserto. É uma morte sublime, generosa, que enche de verde e de vida as areias do Kalahari. Monte passara o trigésimo aniversário do seu casamento no Delta do Okavango, numa pousada ecológica – um presente dos filhos. Haviam sido dias afortunados, ele e Maria Clara, caçando coleópteros e borboletas, lendo, passeando de canoa.

Certas pessoas padecem do medo de ser esquecidas. A essa patologia chama-se atazagorafobia. Com ele sucedia o oposto: vivia no terror de que nunca o esquecessem. Lá, no Delta do Okavango, sentira-se esquecido. Fora feliz.

**ONDE SE REVELA COMO NASSER EVANGELISTA
AJUDOU PEQUENO SOBA A FUGIR DA CADEIA**

Morremos sempre de desânimo, ou seja, quando nos falha a alma – então morremos. Esta é a tese de Pequeno Soba. Para a sustentar, o empresário conta o que lhe aconteceu quando o prenderam pela segunda vez. Enfrentou as péssimas condições da cadeia, os maus-tratos, as torturas, com uma coragem que surpreendia não só os camaradas de infortúnio como também os guardas prisionais e agentes da polícia política.

— Não era coragem — confessa. — Eu sofria de muita revolta. A minha alma se revoltava contra as injustiças. Medo, sim, o medo chegava a doer mais do que as pancadas, mas a revolta crescia sobre o medo e então eu enfrentava os polícias. Nunca me calava. Quando gritavam comigo, eu gritava mais alto. A partir de certa altura percebi que os gajos tinham mais medo de mim do que eu deles.

Uma ocasião em que o colocaram de castigo, numa cela minúscula, a que chamavam Kifangondo, Pequeno Soba encontrou um rato e adotou-o. Chamou-o Esplendor, nome talvez demasiado otimista para uma ratazana vulgar, parda e esquiva, com uma orelha ratada e o pelo em muito mau estado. Quando Pequeno Soba reapareceu na cela comum, com Esplendor empoleirado no ombro direito, alguns dos companheiros troçaram dele. A maioria não prestou atenção. Naquela época, no final dos anos setenta, a prisão de São Paulo reunia uma extraordinária coleção de personalidades. Mercenários americanos e ingleses, capturados em combate, conviviam com exilados do ANC caídos em desgraça. Jovens intelectuais de extrema esquerda trocavam ideias com velhos salazaristas portugueses. Havia sujeitos presos por tráfico de diamantes e outros por não se terem perfilado durante o içar da bandeira. Alguns dos prisioneiros tinham sido importantes dirigentes do partido. Orgulhavam-se da amizade com o Presidente.

— Ainda ontem estive a pescar com o Velho — gabou-se um deles a Pequeno Soba. — Quando souber o que aconteceu tira-me daqui e manda prender os imbecis que me fizeram isto.

Fuzilaram-no na semana seguinte.

Muitos nem sequer sabiam de que eram acusados. Alguns enlouqueciam. Também os guardas enlouqueciam. Os interrogatórios pareciam frequentemente erráticos, despropositados, como se o objetivo não fosse o de arrancar informações aos detidos, apenas torturá-los e confundi-los.

Naquele contexto, um homem com uma ratazana amestrada não chegava a surpreender. Pequeno Soba cuidava de Esplendor. Ensinava-lhe habilidades. Dizia: — Senta-te! — E o animal sentava-se. — Roda! — ordenava, e a ratazana punha-se a andar aos círculos.

Monte ouviu falar no caso e foi à cela visitar o prisioneiro.

— Disseram-me que fizeste um novo amigo.

Pequeno Soba não respondeu. Criara para si mesmo a regra de nunca responder a um agente da polícia política, a menos que este gritasse. Nesse caso, atacava-o aos brados, acusando-o de estar ao serviço da ditadura social-fascista etc. O comportamento do prisioneiro exasperava Monte.

— Estou a falar contigo, porra! Não me trates como se eu fosse invisível.

Pequeno Soba voltou-lhe as costas. Monte perdeu a cabeça. Puxou-o pela camisa. Foi nessa altura que viu Esplendor. Lançou a mão ao animal, atirou-o contra o chão e pisou-o. No meio de tantos crimes, tão imensos, que se cometiam na época, ali mesmo, entre as paredes da prisão, a diminuta morte de Esplendor não afetou ninguém, exceto Pequeno Soba. O jovem caiu num profundo desânimo. Passava os dias estendido numa esteira, mudo, imóvel, indiferente aos companheiros de cela. Emagreceu tanto que as costelas saltavam da pele como as teclas de um quissange. Finalmente, levaram-no para a enfermaria.

Quando o prenderam, Nasser Evangelista trabalhava no hospital Maria Pia como ajudante de enfermeiro. Não se interessava por política. Toda a sua atenção estava voltada para uma jovem enfermeira chamada Sueli Mirela, conhecida pelas pernas longas, as quais exibia com generosidade, em minissaias arrojadas, e pela cabeleira redonda, à Angela Davis. A moça, noiva de um agente da segurança de Estado, deixou-se seduzir pelas palavras doces do ajudante de enfermeiro. O noivo, enlouquecido, acusou o rival de ligação aos fracionistas. Preso, Nasser passou a trabalhar na enfermaria. Comoveu-se ao ver o estado de Pequeno Soba. Ele mesmo concebeu e organizou o plano disparatado e, todavia, feliz, que permitiu devolver o debilitado jovem à liberdade. Enfim, a uma liberdade relativa, já que, como o próprio Pequeno Soba gosta de repetir, nenhum homem é livre enquanto outro estiver aprisionado.

Nasser Evangelista registou o óbito de Pequeno Soba, aliás, Arnaldo Cruz, dezenove anos de idade, estudante de Direito, e ele mesmo colocou o corpo no caixão. Um vago primo, na realidade um camarada do pequeno partido em que o estudante militava, recebeu o caixão. Enterrou-o, em cerimônia discreta, no Cemitério do Alto das Cruzes. Isto depois de retirar o respetivo passageiro. Pequeno Soba ganhou o hábito de visitar a campa, no aniversário da suposta morte, levando flores a si mesmo:

— Para mim é uma reflexão sobre a fragilidade da vida e um pequeno exercício de alteridade — explica aos amigos. — Vou lá, e tento pensar em mim como num parente próximo. Sou, na verdade, o parente mais próximo de mim. Penso nos defeitos dele, nas qualidades dele, e se merece ou não as minhas lágrimas. Quase sempre choro um pouco.

Passaram meses até a polícia descobrir o logro. Então, voltaram a prendê-lo.

MISTÉRIOS DE LUANDA

Pequeno Soba divertia-se a conversar com os vendedores de artesanato. Perdia-se nas ruelas poeirentas, entre as barracas de madeira, estudando os panos do Congo, as mil e uma telas de poentes e batucadas, as máscaras tchokwé que os artesãos enterram, durante os meses de chuva, para parecerem antigas. Acontecia-lhe comprar um ou outro artigo de que não gostava apenas para prolongar a conversa. Movido mais por espírito de solidariedade do que a pensar no lucro, criara uma empresa de produção e comercialização de artesanato. Ele mesmo imaginava e desenhava peças em pau preto, que depois os artesãos se encarregavam de replicar. Vendia as peças no aeroporto de Luanda e em pequenas lojas dedicadas ao chamado comércio justo, em Paris, Londres e Nova Iorque. Dava emprego a mais de duas dezenas de artesãos. Uma das peças de maior sucesso representava um Pensador, a popular figurinha da estatuária tradicional angolana, com uma mordaça a tapar-lhe a boca. O povo dera a essa peça o nome de *Nem-Penses*.

    Naquela tarde, Pequeno Soba atravessou o mercado sem prestar muita atenção aos vendedores. Limitou-se a sorrir, acenando com a cabeça, àqueles que o saudavam. Papy Bolingô começara o espetáculo. Fofo cantava um velho tema da Orchestra Baobab. O bar estava cheio. Ao vê-lo chegar um empregado aproximou-se com uma cadeira desdobrável. Montou a cadeira e o empresário sentou-se. As pessoas riam, fascinadas, enquanto Fofo se movia acompanhando o ritmo, abrindo e fechando a enorme boca.

Pequeno Soba assistira muitas vezes ao espetáculo. Sabia que Papy Bolingô trabalhara num circo, na França, durante os anos de exílio. Fora naquela época, certamente, que descobrira e desenvolvera os extraordinários dotes de ventríloquo com que agora ganhava a vida. O antigo sonoplasta insistia, mesmo em privado, na autenticidade do espetáculo:

— Fofo fala! — teimava, entre gargalhadas. — Fofo canta. Não sou eu. Ensinei-lhe as primeiras palavras, era ele muito pequeno. A seguir ensinei-o a cantar.

— Então queremos ouvi-lo a cantar longe de você!

— Nada! Isso o gajo não faz. É um bicho tímido.

Pequeno Soba esperou até ao final do espetáculo. As pessoas foram saindo, animadíssimas, arrebatadas pelo milagre a que acabavam de assistir. O empresário acercou-se dos artistas:

— Parabéns! Estão cada vez melhor.

— Obrigado — agradeceu o hipopótamo, com a sua voz metálica de barítono dramático. — Tivemos um público generoso.

Pequeno Soba acariciou-lhe o dorso:

— Estás a dar-te bem, lá na tua chitaca?

— Muito bem, padrinho. Tenho bué de água, lama para rebolar.

Papy Bolingô explodiu numa clara gargalhada. O amigo riu com ele. Fofo pareceu imitá-los, sacudindo a cabeça, batendo com as grossas patas no pequeno palco.

O proprietário do estabelecimento, um antigo guerrilheiro chamado Pedro Afonso, perdera a perna direita na explosão de uma mina. Isso não lhe roubara a paixão pela dança. Vendo-o bailar ninguém suspeitava que usasse uma prótese. Aproximou-se, ao escutar as gargalhadas dos dois amigos, enquanto desenhava no chão de terra batida uns rendilhados passos de rumba:

— Deus inventou a música para que os pobres pudessem ser felizes.

Mandou vir cervejas para os três:

— Vamos beber à felicidade dos pobres.

Pequeno Soba protestou:
— E eu?
— Você?! Ah, ah, sempre me esqueço que você é rico. Aqui no nosso país, o primeiro sinal exterior de riqueza costuma ser a arrogância. Você não tem nada de arrogante. O dinheiro não lhe subiu à cabeça.
— Obrigado. Sabe como fiquei rico?
— Dizem que um pássaro desceu do céu, pousou na sua mão e cuspiu dois diamantes.
— Foi quase assim. Matei um pombo, para o comer, e encontrei dois diamantes dentro do papo do bicho. Há poucos dias descobri de quem eram os diamantes. — Pequeno Soba ficou um momento em silêncio, fruindo o espanto dos amigos. — Os diamantes eram da minha vizinha, uma velha senhora portuguesa. Ela viveu vinte e tal anos na pobreza, sendo rica. E me fez rico, a mim, ignorando tal.

Contou a história, demorando-se nos pormenores, nas voltas e reviravoltas, inventando com talento e gosto o muito que desconhecia. Papy Bolingô quis saber se a velha ficara com alguns diamantes.

— Sim — confirmou o empresário. — Haviam sobrado dois, tão grandes que nenhum pombo os quisera. A portuguesa oferecera-os a dois pastores mucubais. Ao que parece conhecia os matuenses, vá-se lá saber como. Luanda tem mistérios.

— Verdade — concordou Pedro Afonso. — Nossa capital está cheia de mistérios. Tenho visto nesta cidade o que não cabe nos sonhos.

A MORTE DE MONTE

Magno Moreira Monte foi morto por uma antena parabólica. Caiu do telhado enquanto tentava fixar a antena. Depois o objeto tombou sobre a sua cabeça. Houve quem visse no acontecimento uma alegoria irônica dos novos tempos. O antigo agente da Segurança de Estado, derradeiro representante de um passado que, em Angola, poucos gostam de recordar, teria sido derrubado pelo futuro; a livre comunicação triunfara sobre o obscurantismo, o silêncio e a censura; o cosmopolitismo esmagara o provincianismo.

Maria Clara gostava de ver as novelas brasileiras. O marido, pelo contrário, pouca atenção prestava à televisão. A futilidade dos programas enraivecia-o. Os noticiários enraiveciam-no ainda mais. Assistia aos jogos de futebol, torcendo pelo Primeiro de Agosto e pelo Benfica. Vez por outra, sentava-se, de pijama e chinelos, a rever algum velho filme a preto e branco. Preferia os livros. Acumulara muitas centenas de títulos. Planeava passar os últimos anos de vida a reler Jorge Amado, Machado de Assis, Clarice Lispector, Luandino Vieira, Ruy Duarte de Carvalho, Julio Cortázar, Gabriel García Márquez.

Quando se mudaram, deixando para trás o ar sujo e ruidoso da capital, Monte esforçou-se por convencer a esposa a prescindir da televisão. Maria Clara concordou. Habituara-se a concordar com ele. Nas primeiras semanas leram juntos. Tudo parecia correr bem. Maria Clara, contudo, entristecia. Demorava-se horas, ao telefone, com as amigas. Monte decidiu então comprar e instalar uma antena parabólica.

A bem dizer, morreu por amor.

O ENCONTRO

Maria da Piedade Lourenço era uma mulher miúda e nervosa, com uma cabeleira pardacenta, malcuidada, erguida, como uma crista, no alto da cabeça. Ludo não lhe conseguia distinguir os pormenores do rosto. Todavia, deu pela crista. *Parece uma galinha*, pensou, e logo se arrependeu por ter pensado aquilo. Andara nervosíssima nos dias que antecederam a chegada da filha. Quando esta lhe surgiu à frente, porém, veio-lhe uma grande calma. Mandou-a entrar. A sala estava agora pintada e arranjada, soalho novo, portas novas, tudo isso às custas do vizinho, Arnaldo Cruz, que também fizera questão de oferecer as mobílias. Comprara o apartamento a Ludo, concedendo-lhe o usufruto vitalício do mesmo, e comprometendo-se a pagar os estudos de Sabalu até este concluir a universidade.

A mulher entrou. Sentou-se numa das cadeiras, tensa, agarrada à bolsa como a uma boia de salvação. Sabalu foi buscar chá e biscoitos.

— Não sei como hei de chamar-lhe.

— Pode chamar-me Ludovica, é o meu nome.

— Um dia poderei chamar-lhe mãe?

Ludo apertou as mãos de encontro ao ventre. Podia ver, através das janelas, os ramos mais altos da mulemba. Nenhuma brisa os inquietava.

— Sei que não tenho desculpa — murmurou. — Era muito nova, e estava assustada. Isso não justifica o que fiz.

Maria da Piedade arrastou a cadeira para junto dela. Pousou a mão direita no seu joelho:

— Não vim a Luanda para cobrar nada. Vim para a conhecer. Quero levá-la de volta para a nossa terra.

Ludo segurou-lhe a mão:

— Filha, esta é a minha terra. Já não me resta outra.

Apontou para a mulemba:

— Tenho visto crescer aquela árvore. Ela viu-me envelhecer a mim. Conversamos muito.

— A senhora há de ter família em Aveiro.

— Família?!

— Família, amigos, eu sei lá.

Ludo sorriu para Sabalu, que assistia a tudo, muito atento, enterrado num dos sofás:

— A minha família é esse menino, a mulemba lá fora, o fantasma de um cão. Vejo cada vez pior. Um oftalmologista, amigo do meu vizinho, esteve aqui em casa, a observar-me. Disse-me que nunca perderei a vista por completo. Resta-me a visão periférica. Hei de sempre distinguir a luz, e a luz neste país é uma festa. Em todo o caso não pretendo mais: a luz, Sabalu a ler para mim, e a alegria de uma romã todos os dias.

UM POMBO CHAMADO AMOR

O pombo que mudou a vida de Pequeno Soba – e ainda lhe matou a fome — chamava-se Amor. Acham ridículo? Queixem-se a Maria Clara. Foi ela quem lhe deu o nome. A futura esposa de Magno Moreira Monte era, por alturas da Independência, uma jovem estudante liceal. O pai, Horácio Capitão, funcionário da alfândega, criava pombos-correios. Os pombos batizados por Maria Clara tendiam a ser campeões. Fora o caso, antes de Amor, de Namorado (1968), Amoroso (1971), Clamoroso (1973) e Encantado (1973). Amor esteve quase para ser jogado fora, ainda no ovo.

— Não presta — explicou Horácio Capitão à filha. — Repara na casca, rugosa, muito grossa. Um pombo saudável, forte, bom voador, nasce de ovos com a casca lisa e brilhante.

A rapariga rodou o ovo entre os dedos compridos, e vaticinou:

— Será um campeão, pai. Vou chamar-lhe Amor.

Amor veio à luz com as pernas finas. Piava muito na tigela. Além disso, a plumagem atrasou-se. Horácio Capitão não escondia o desgosto e a repugnância:

— Devíamos desfazer-nos dele, Maria Clara. O raio do bicho nunca voará bem. É um perdedor. Um columbófilo tem de saber distinguir os pombos bons dos pombos ruins. Os maus deitamos fora, não perdemos tempo com eles.

— Não! — insistia a filha. — Tenho absoluta fé neste pombo. — Amor nasceu para vencer.

Amor começou de fato a desenvolver-se. Infelizmente, cresceu demais. Ao vê-lo gordo, muito maior do que os pombos da mesma ninhada, Horácio Capitão voltou a abanar a cabeça:

— Devíamos comê-lo. Pombos grandes só têm alguma chance nas provas de velocidade. Não servem para longas distâncias.

Enganou-se. Amor correspondeu às expectativas de Maria Clara. 1974 e 1975 foram para ele anos de glória. Revelou-se rápido, determinado, com uma arreigada paixão pelo pombal.

— O filho da puta demonstra apego ao território — reconheceu finalmente Horácio Capitão. — O apego ao território é a principal característica de um bom voador.

Ao dar de caras com um espelho, Horácio Capitão via um homem alto e musculado, o que ele não era, muito pelo contrário, media pouco mais de um metro e sessenta, e exibia uns braços lassos, ombros estreitos, ossos de passarinho. Nunca recuava diante de qualquer confronto, e, tendo oportunidade, desferia o primeiro soco, sofrendo a seguir os do adversário, sofrendo-os mesmo muito, na carne frágil, mas sempre teso como um colosso. Nascera em Luanda, numa família da pequena burguesia mestiça, e só uma vez visitara Portugal. Não obstante sentia-se, as palavras são dele, *um português dos sete costados*. A Revolução de Abril deixou-o furioso e atordoado. Nuns dias mais furioso, noutros mais atordoado, ora de olhar perdido no céu, ora vociferando contra os traidores e os comunistas que, sem vergonha, pretendiam vender Angola ao império soviético. Assistiu, horrorizado, ao início da guerra civil e ao triunfo do MPLA, e dos seus aliados cubanos e do Bloco de Leste. Podia ter embarcado para Lisboa, como tantos outros, mas não quis:

— Enquanto houver nesta terra um verdadeiro português, Angola continuará sendo Portugal.

Nos meses que se seguiram à Independência viu sucederem-se as tragédias que havia vaticinado: a fuga dos colonos e de uma boa parte da burguesia nativa, o encerramento das fábricas e do pequeno comércio, o colapso dos serviços de água, de eletricidade e de recolha de lixo, as prisões em massa, os fuzilamentos. Deixou de frequentar o pombal. Passava os dias na Biker.

— Eu não vos disse?! — comentava com os poucos amigos, na sua maioria antigos funcionários públicos, que continuavam a frequentar a histórica cervejaria.

Tornou-se tão irritante, insistindo e insistindo nas mesmas recriminações e nos mesmos sombrios presságios, que, a partir de certa altura, os outros começaram a referir-se a ele como o Eu-Não-Vos-Disse.

Certa manhã de cacimbo, ao abrir o jornal, deu com a fotografia de um comício. Viu, em primeiro plano, Maria Clara abraçada a Magno Moreira Monte, e correu a mostrar o jornal a um antigo informante da polícia política portuguesa, Artur Quevedo, o qual, após a Independência, passara a fazer pequenos biscates para os novos serviços de informação e segurança:

— Conheces este gajo? Quem é este gajo?

Quevedo encarou o amigo, compadecido:

— Um comunista fanático. O pior dos comunistas, inteligente, determinado, e com um ódio visceral aos portugueses.

Horácio voltou para casa em pânico. A sua filha, a sua menina, a sua princesa, caíra nas mãos de um subversivo. Não saberia o que dizer à falecida mulher quando a voltasse a ver. O coração acelerou enquanto avançava. A fúria foi tomando conta dele. Já gritava quando abriu a porta:

— Maria Clara!

A filha acudiu, vinda da cozinha, limpando as mãos ao avental:

— Pai?!

— Quero que a menina comece a fazer as malas. Vamos para a metrópole.

— O quê?!

Maria Clara completara dezessete anos. Herdara da mãe a beleza plácida, e do pai a coragem e a teimosia. Monte, oito anos mais velho, fora seu professor de português, em 1974, o ano da euforia. Atraiu-a nele os defeitos de Horácio. Deixou-se também seduzir pela voz grave com que o professor lia, nas aulas, os versos de José Régio: *A minha vida é um vendaval que se soltou. / É uma onda que se alevantou. / É um átomo a mais que se animou... / Não sei por onde vou, / Não sei para onde vou / — Sei que não vou por aí!*

A moça despiu o avental. Pisou-o, furiosa:

— Vá o senhor. Eu fico no meu país.

Horácio esbofeteou-a:

— Tens dezessete anos, e és minha filha. Fazes o que eu mandar. Para já ficas fechada em casa, não quero que faças mais nenhum disparate.

Instruiu a empregada para que não deixasse sair Maria Clara e foi comprar passagens de avião. Vendeu o carro, por um preço ridículo, a Artur Quevedo, e entregou-lhe uma cópia das chaves de casa:

— Vais lá todos os dias abrir as janelas, regar o jardim, para que as pessoas pensem que continua habitada. Não quero os comunistas a ocupar-me a casa.

Maria Clara servia-se dos pombos, havia várias semanas, para se comunicar com o amante. Horácio cortara o telefone, depois que começara a receber chamadas anônimas com ameaças de morte. As ameaças não estavam relacionadas com questões políticas. Nada a ver. O funcionário da alfândega suspeitava de um colega invejoso. Monte, por seu lado, viajava muito, cumprindo missões secretas, por vezes em zonas de combate. Maria Clara, que, a essa altura, cuidava sozinha do pombal, dava-lhe três, quatro pombos, os quais ele ia soltando, ao crepúsculo, com versos de amor e notícias breves atadas às patas.

Maria Clara conseguiu enviar, através da empregada, uma mensagem a uma amiga, e esta foi à procura de Monte. Encontrou-o em Viana, investigando rumores sobre a organização de um golpe militar, envolvendo oficiais negros, descontentes com a predominância de brancos e mestiços no mais alto escalão das forças armadas. Monte sentou-se e escreveu:

Amanhã. Seis horas, lugar habitual. Muito cuidado. Amo-te.

Colocou a mensagem num pequeno cilindro de plástico e prendeu-o à perna direita de um dos dois pombos que havia trazido. Soltou o pombo. Maria Clara aguardou em vão por uma resposta. Chorou a noite inteira. Não protestou no caminho para o aeroporto. Não falou até desembarcarem em Lisboa. Permaneceu pouco tempo na capital portuguesa. Cinco meses após completar dezoito anos regressou a Luanda e casou-se com Monte. Horácio engoliu o orgulho, fez as malas, e seguiu a filha. Veio a saber, muito mais tarde, que o futuro genro evitara por várias vezes a sua prisão, nos anos tumultuosos que se seguiram à Independência. Nunca lhe agradeceu. Todavia, no funeral, foi dos que mais o chorou.

Deus pesa as almas numa balança. Num dos pratos fica a alma, no outro as lágrimas dos que a choraram. Se ninguém a chorou, a alma desce para o inferno. Se as lágrimas forem suficientes, e suficientemente sentidas, ascende para o céu. Ludo acreditava nisto. Ou gostaria de acreditar. Foi o que disse a Sabalu:

— Vão para o paraíso as pessoas de quem os outros sentem a falta. O Paraíso é o espaço que ocupamos no coração dos outros. Isto era o que me contava a minha avó. Não acredito. Gostaria de acreditar em tudo o que é simples, mas careço de fé.

Monte teve quem o chorasse. Custa-me imaginá-lo no Paraíso. Talvez purgue, porém, em algum recanto obscuro da imensidão, entre o sereno esplendor do Céu e as convulsas trevas do Inferno, jogando xadrez com os anjos que o guardam. Se os anjos souberem jogar, se jogarem bem, isso para ele será quase o Paraíso.

Quanto a Horácio Capitão, o Eu-Não-Vos-Disse, passa as tardes num bar decrépito, na Ilha, bebendo cerveja, e discutindo política, na companhia do poeta Vitorino Gavião, de Artur Quevedo e de mais duas ou três velhas carcaças dos tempos do caprandanda. Ainda hoje não reconhece a Independência de Angola. Acha que assim como o comunismo acabou, um dia a Independência também acabará. Continua a criar pombos.

A CONFISSÃO DE JEREMIAS CARRASCO

Regressemos à manhã em que Nasser Evangelista, arrastado por um eco de sombrias vozes, se lançou sobre Monte e o esfaqueou. Entre a confusão de gente que se juntara à porta de Ludo, destacavam-se, como talvez se recordem, dois personagens vestidos de preto. A velha senhora reparou neles após a envergonhada fuga de Monte e a saída (também apressada) de Baiacu. Reparou neles, mas não conseguiu saber o que pretendiam, pois, entretanto, Daniel Benchimol começara a ler a carta que Maria da Piedade Lourenço escrevera ao diretor do *Jornal de Angola*.

Os dois homens esperaram até o jornalista terminar. Testemunharam, em silêncio, a aflição dela, as lágrimas enxugadas com as costas da mão. Por fim, Daniel retirou-se, prometendo escrever a Maria da Piedade, e os dois homens avançaram. O mais velho estendeu a mão a Ludo, mas foi o mais novo quem falou:

— Pedimos licença para entrar, madrinha.

— O que desejam?

Jeremias Carrasco tirou um caderno do bolso do casaco e escreveu rapidamente nele. Mostrou-o a Ludo. A mulher abanou a cabeça:

— Vejo que é um caderno. As letras já não consigo ler. O senhor é mudo?

O jovem leu alto:

— Deixe-nos entrar, por favor. Preciso do seu perdão, e da sua ajuda.

Ludo encarou-os, teimosa:

— Não tenho onde vos sentar. Há trinta anos que não recebo visitas.

Jeremias voltou a escrever, mostrando depois o caderno ao filho:

— Ficaremos de pé. O meu pai diz que as cadeiras, mesmo as melhores, não melhoram as conversas.

Ludo deixou-os entrar. Sabalu foi buscar quatro velhas latas de azeite. Sentaram-se nelas. Jeremias olhou com horror para o chão de cimento, as paredes escuras, riscadas a carvão. Tirou o gorro da cabeça. O crânio, rapado, brilhava na penumbra. Voltou a escrever no caderno.

A sua irmã e o seu cunhado morreram num acidente de carro. Leu o filho.

O responsável fui eu. Matei-os. Conheci o Velho Pico, no Uíge, no início da guerra. Foi ele quem me procurou. Alguém lhe falou de mim. Precisava da minha ajuda para dar uma golpada na Diamang. Uma coisa limpa, bem-feita, sem sangue nem confusões. Combinámos que eu ficaria com metade das pedras. Fiz o que tinha a fazer, deu tudo certo, mas, no fim, o Pico fugiu. Deixou-me de mãos vazias. Nunca acreditou que eu o viesse procurar a Luanda. Não me conhecia. Entrei na cidade, cercada pelas tropas do Mobutu e pela nossa gente, uma aventura louca, e procurando aqui e ali, durante dois dias, acabei por encontrá-lo, numa festa, na Ilha. Fugiu ao ver-me. Persegui-o, de carro, como nos filmes. Então ele despistou-se e embateu contra uma árvore. A sua irmã teve morte imediata. O Pico viveu o suficiente para me dizer onde escondera os diamantes. Lamento muito.

Antônio lia com dificuldade. Talvez pela escassez de luz, talvez porque não estivesse habituado a ler, talvez porque lhe custasse acreditar no que ia lendo. Quando terminou ergueu para o pai uns olhos assombrados. O velho tinha-se encostado à parede. respirava com dificuldade. Tirou o caderno das mãos de Antônio e voltou a escrever. Ludo ergueu a mão, num gesto vago, agoniada, tentando impedi-lo:

— Não se atormente mais. Os erros nos corrigem. Talvez seja necessário esquecer. Devíamos praticar o esquecimento.

Jerônimo abanou a cabeça, irritado. Rabiscou mais umas palavras no pequeno caderno. Entregou-o ao filho:

— O pai não quer esquecer. Esquecer é morrer — diz ele. — Esquecer é uma rendição.

O velho voltou a escrever:

— O pai pede para eu falar do meu povo. Quer que lhe fale dos bois, os bois são a nossa riqueza, mas não são bens de compra e venda. A gente os contempla. Gostamos de escutar o grito dos bois. Isolado entre os mucubais, Jerônimo renascera não outra pessoa mas outras pessoas, um povo. Antes, ele era ele no meio dos outros. No melhor dos casos, ele, abraçado a outros. No deserto sentira-se pela primeira vez parte de um todo. Defendem alguns biólogos que uma única abelha, uma única formiga, não constituem senão células móveis de um mesmo indivíduo. Os verdadeiros organismos são a colmeia e o formigueiro. Também um mucubal não existe sem os outros.

Ludo recordou-se, enquanto Antônio ia lendo, a custo, as explicações do pai, de uns versos de Fernando Pessoa: *Tenho dó das estrelas / Luzindo há tanto tempo, / Há tanto tempo... / Tenho dó delas. // Não haverá um cansaço / Das coisas, / De todas as coisas / Como das pernas ou de um braço? // Um cansaço de existir, / De ser, / Só de ser, // O ser triste brilhar ou sorrir... // Não haverá, enfim, / Para as coisas que são, / Não morte, mas sim / Uma outra espécie de fim, / Ou uma grande razão / — Qualquer coisa assim/ Como um perdão?*

Antônio falava dos novos latifundiários, do arame farpado dividindo o deserto, cortando os caminhos de acesso aos pastos. Reagir a tiro levaria a guerras terríveis, durante as quais os mucubais perderiam o gado, perderiam a alma e a liberdade. Fora assim em 1940, quando os portugueses mataram quase todo o povo, enviando os sobreviventes, como escravos, para as roças de São Tomé. A outra solução, segundo Jerônimo, seria comprar terras, as mesmas que sempre foram dos kuvale, dos himba, dos muchavicuas, e que hoje pertencem a generais e prósperos empresários, muitos sem nenhuma ligação ao desmesurado céu do Sul.

Ludo ergueu-se, foi buscar os dois diamantes que haviam sobrado, e entregou-os a Jerônimo.

O ACIDENTE

Muitas vezes, ao olhar os espelhos, via-o atrás de mim. Agora não o vejo mais. Talvez por ver tão mal (benefícios da cegueira), talvez porque mudamos de espelhos. Assim que recebi o dinheiro do apartamento, comprei espelhos novos. Desfiz-me dos antigos. O meu vizinho estranhou:

A única coisa em condições neste seu apartamento são os espelhos.

Não! *Irritei-me:* Os espelhos estão assombrados.

Assombrados?!

Sim, vizinho. Cheios de sombras. Passaram demasiado tempo em estado de solidão.

Não lhe quis dizer que, muitas vezes, ao olhar para os espelhos, via debruçar-se sobre mim o homem que me violou. Naquela época eu ainda saía de casa. Levava uma vida quase normal. Ia e vinha do Liceu, de bicicleta. No verão alugávamos uma casa, na Costa Nova. Eu nadava. Gostava de nadar. Uma tarde, ao chegar a casa, vinda da praia, dei pela falta de um livro que estava a ler.

Retornei, sozinha, à procura dele. Havia uma fila de barraquinhas montadas na areia. A noite caíra, entretanto, e estavam desertas.

Dirigi-me à barraquinha onde tínhamos estado. Entrei. Ouvi um ruído, e, ao voltar-me, vi um sujeito à porta, sorrindo para mim. Reconheci-o. Costumava vê-lo, num bar, a jogar às cartas com o meu pai. Ia explicar-lhe o que estava ali a fazer. Não tive tempo. Quando dei por isso já ele estava sobre mim. Rasgou-me o vestido, arrancou-me as calcinhas, e penetrou-me. Lembro-me do cheiro. Das mãos, ásperas, duras, apertando-me os seios. Gritei. Bateu-me no rosto, pancadas fortes, sincopadas, não com ódio, não com fúria, como se estivesse a divertir-se. Calei-me. Cheguei a casa aos soluços, o vestido rasgado, cheio de sangue, o rosto inchado. O meu pai compreendeu tudo. Perdeu a cabeça. Esbofeteou-me. Enquanto me açoitava, com o cinto, gritava comigo, puta, vadia, desgraçada. *Ainda hoje o ouço:* Puta! Puta! *A minha mãe agarrada a ele. A minha irmã em prantos.*

Nunca soube ao certo o que aconteceu ao homem que me violou. Era pescador. Dizem que fugiu para Espanha. Desapareceu. Engravidei. Fechei-me num quarto. Fecharam-me num quarto. Ouvia, lá fora, as pessoas a segredarem. Quando chegou o momento, uma parteira veio ajudar-me. Nem cheguei a ver o rosto da minha filha. Tiraram-na de mim.

A vergonha.

A vergonha é que me impedia de sair de casa. O meu pai morreu sem nunca mais me dirigir a palavra. Eu entrava na sala e ele levantava-se e ia-se embora. Passaram-se anos, morreu. Meses depois a minha mãe seguiu-o. Mudei-me para a casa da minha irmã. Pouco a pouco fui-me esquecendo. Todos os dias pensava na minha filha. Todos os dias me exercitava para não pensar nela.

Nunca mais consegui sair à rua sem experimentar uma vergonha profunda.

Agora passou. Saio à rua e já não sinto vergonha. Não sinto medo. Saio à rua e as quitandeiras cumprimentam-me. Riem-se para mim, como parentes próximas.

As crianças brincam comigo, dão-me a mão. Não sei se por eu ser muito velha, se por eu ser tão criança quanto elas.

ÚLTIMAS PALAVRAS

*Escrevo tateando letras. Experiência curiosa, pois não posso
ler o que escrevi. Portanto, não escrevo para mim.*

Para quem escrevo?

*Escrevo para quem fui. Talvez aquela que deixei um dia persista
ainda, em pé e parada e fúnebre, num desvão do tempo
– numa curva, numa encruzilhada – e de alguma forma misteriosa
consiga ler as linhas que aqui vou traçando, sem as ver.*

Ludo, querida: sou feliz agora.

*Cega, vejo melhor do que tu. Choro pela tua cegueira, pela
tua infinita estupidez. Teria sido tão fácil abrires a porta,
tão fácil saíres para a rua e abraçares a vida. Vejo-te a
espreitar pelas janelas, aterrorizada, como uma criança que
se debruça sobre a cama, na expetativa de monstros.*

*Monstros, mostra-me os monstros: essas pessoas nas ruas.
A minha gente.*

Lamento tanto o tanto que perdeste.

*Lamento tanto.
Mas não é idêntica a ti a infeliz humanidade?*

É NOS SONHOS QUE TUDO COMEÇA

No sonho, Ludo era uma menina. Estava sentada numa praia de areia branca. Sabalu, estendido de costas, com a cabeça poisada no seu regaço, olhava o mar. Falavam do passado e do futuro. Trocavam recordações. Riam da estranha forma como se haviam conhecido. O riso dos dois sacudia o ar, como um fulgor de aves na manhã dormente. Então, Sabalu ergueu-se:

— Nasceu o dia, Ludo. Vamos.

E avançaram ambos em direção à luz, rindo e conversando, como quem entra num barco.

Lisboa, 5 de fevereiro de 2012

Agradecimentos e bibliografia

Numa tarde já distante de 2004, o cineasta Jorge Antônio desafiou-me a escrever o roteiro de uma longa-metragem de ficção a filmar em Angola. Contei-lhe a história de uma portuguesa que se autoemparedou em 1975, dias antes da Independência, aterrorizada com o evoluir dos acontecimentos. O entusiasmo de Jorge levou-me a escrever o roteiro. Embora o filme tenha ficado pelo caminho, foi a partir daquela estrutura original que cheguei ao presente romance. Para escrever os capítulos sobre os kuvale encontrei alguma inspiração nos poemas de Ruy Duarte de Carvalho, e ainda num dos seus mais brilhantes ensaios: *Aviso à Navegação – olhar sucinto e preliminar sobre os pastores kuvale.*

Várias pessoas me ajudaram na escrita deste livro. Quero agradecer, em particular, aos meus pais, desde sempre os meus primeiros leitores, e ainda a Patrícia Reis e a Lara Longle. Agradeço finalmente à poetisa brasileira Christiana Nóvoa, a qual, a meu pedido, escreveu os versos de Ludo, nos capítulos "Haikai" e "Exorcismo".

LEIA MAIS...

JOSÉ EDUARDO AGUALUSA
AS MULHERES
DO MEU PAI

TUSQUETS
EDITORES

As mulheres do meu pai, sétimo romance do escritor angolano José Eduardo Agualusa, é fruto de uma viagem feita por ele pela África. Nele, os limites entre ficção e realidade se misturam, se fundem e confundem.

A cineasta portuguesa Laurentina, protagonista neste romance e personagem do sonho do próprio autor que o escreve, descobre ser filha biológica do famoso compositor angolano Faustino Manso. Descobre,
além disso, que esse pai acabara de falecer, aos 81 anos.

Decidida a reconstruir a trajetória do pai recém-descoberto, Laurentina viaja ao continente africano. Vai de Luanda às areias do deserto da Namíbia, da Cidade do Cabo, na África do Sul, a Maputo e à ilha de Moçambique. Em todos esses lugares, cruza o caminho de personagens algo oníricos, na fronteira entre o mágico e o estranho, em busca de fragmentos da vida do pai e das mulheres de sua vida - e, com isso, da própria história e de sua ancestralidade.

JOSÉ EDUARDO AGUALUSA
OS VIVOS
E OS OUTROS

TUSQUETS
EDITORES

Um festival literário na Ilha de Moçambique reúne três dezenas de escritores africanos que, na sequência de uma violentíssima tempestade no continente (e de um evento muito mais trágico, que só no fim se revela), permanecem totalmente isolados, sem ligação com o resto do planeta, durante sete dias.

Uma série de estranhos e misteriosos acontecimentos, colocando em causa a fronteira entre realidade e ficção, entre passado e futuro, entre a vida e a morte, inquietam os escritores e a população local: alguns dos personagens dos livros daqueles escritores parecem ter tomado vida, passeando agora pelas ruas da cidade histórica.

Os vivos e os outros é um romance sobre a natureza da vida e do tempo, e o extraordinário poder da imaginação e da palavra, que tudo criam e tudo regeneram.

MIA COUTO
JOSÉ EDUARDO AGUALUSA
O TERRORISTA ELEGANTE
E OUTRAS HISTÓRIAS

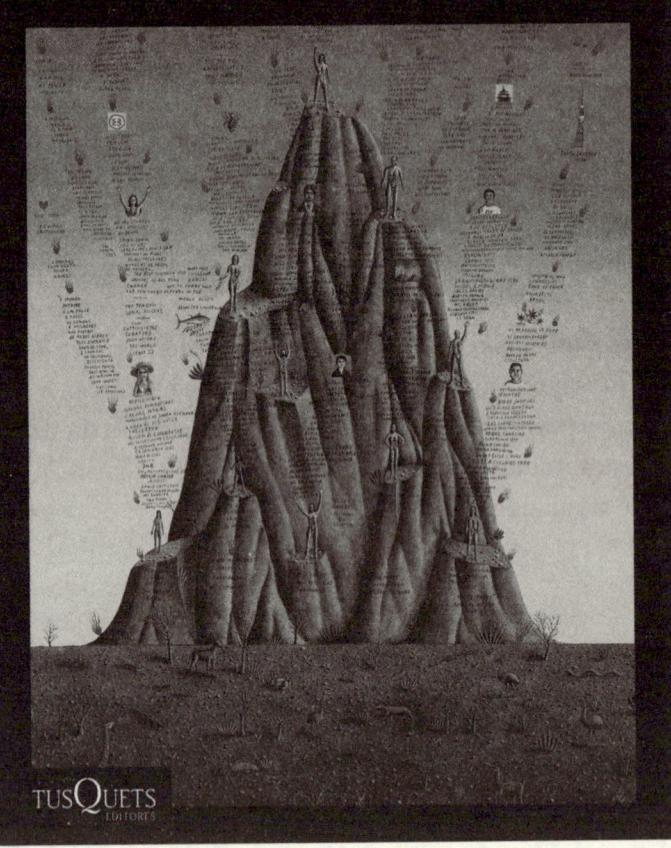

TUSQUETS
EDITORES

O moçambicano Mia Couto e o angolano José Eduardo Agualusa, dois dos principais autores africanos de língua portuguesa, escreveram três peças a quatro mãos. Neste livro, essas peças foram reunidas, depois de devidamente adaptadas pelos próprios autores para o formato de contos.

Nas palavras de Anabela Mota Ribeiro, em entrevista que compõe esta edição, Mia Couto e Agualusa "nasceram no mesmo continente, mas em países que olham para dois oceanos diferentes". Entre eles, a "imensa África", cuja relação com a cultura brasileira e a origem de nosso povo vai muito além do passado colonial compartilhado.

Primeira publicação conjunta de Mia e Agualusa, *O terrorista elegante e outras histórias* é fruto de uma amizade entre dois escritores, do diálogo entre duas vozes literárias potentes e da relação entre três países, unidos por paralelos, cuja cultura os meridianos do mundo não foram capazes de separar.

Editora Planeta Brasil | 20 ANOS

Acreditamos nos livros

Este livro foi composto em Utopia Std
e impresso pela Gráfica Santa Marta para a
Editora Planeta do Brasil em setembro de 2023.